U0092337

小明教授奮鬥日記

從·軍·生·活

| 謝明輝·著 |

開場白

小明如何成為教授？大家想知道嗎？我們經常可在腦筋急轉彎或笑話故事中，分享許多關於小明的歡笑與悲傷的人生遭遇。小明通常有許多化身，但他化身為教授的奮鬥故事，可能較少讀者聽過，所以我想告訴大家的是一個關於小明在完成教授理想的關鍵時期─從軍生活的點點滴滴，希望帶給大家對人事物的一種正面積極的想法。

小明的從軍經歷是從85年7月16日開始的，而於89年2月21日退伍，約三年餘的役期，所到之處有：左營、台北、澎湖、花蓮、基隆等地，共寫了近四本日記。他的從軍生活多彩多姿：受長官欺凌，克服暈船，舉辦各種活動，學習吉他，練習打無蝦米，兩性接觸，電影評論，寫詩，解決士兵心理問題，參加演講比賽，觀察人的長相及睡姿，幾乎人生之喜怒哀樂，他都嚐盡。

本書以時間順序為綱，依生活上可資紀念之事為緯，共分六個人生旅站，每個旅站中，小明都以細膩的筆調，描繪他的喜怒哀愁，篇篇都是溫馨的生活小品，小明的每段生活體驗皆發人深省，回味無窮。書中可見他為人生理想預做準備，雖然計畫趕不上變化，但又不得不規劃。他的人生理想是當大學教授，而他目前也正在大學教書，離目標已不遠了，他正努力當中。試想：假設他沒有進入軍中磨練，他是否能完成其人生理想呢？我們從日記中自可看出此人突破困境之決心及毅力，即使換了人生環境，他依然會學習面對及解決。

這本日記在寫作上也提供一些思考，如電影評論、詩歌創作、景物描寫、事物哲理……等等，可說是兼具理性及感性的樂趣。他還有其他的奮鬥日記，像打工日記、愛情日記，都蘊含啓人心扉的價值。

本書所附的照片是他的精心收藏，希望給大家一種特別的感受，進而激發對人生前進的潛能，人生有味不就是一路上所珍藏的點點滴滴而來的嗎？

小明在此衷心拜託大家的支持及鼓勵，謝謝！

第一旅站

地點：左營新訓中心

■ 85年7月23日

一二兵學生（我）非常喜歡颱風來臨時，大家相聚一堂，聊聊心事，說說笑話，講講鬼故事的感覺。然而心中仍掛念在家中的父母及弟妹。以往的經驗中，每到颱風來襲時，家裏總會積水。那時有我及弟在，但是此刻家中的兩個青壯男人都在服役，不知家人過得好不好？

趁此颱風假，我寫了四封信，把所欠的信債逐漸地還，這是一個人情債，誰叫我是個重感情的人呢。

聽了大家的感情經驗後，總覺得到現在尚未有女友而引以為憾。他們強調家庭背景的不同將拆散一對真心相愛的苦命鴛鴦。談過感情且受過創傷的人所作的感慨就是不一樣，他們的想法感熟且獨特，我應好好向他們學習學習。

7月30日

這是人過的生活嗎？每天早上一起床，又是一個可怕的日子到來。「一個口令，一個動作」對於一個毛躁猴急的聰明人來說，是一件很難做到的事，不過，既來之，則安之。不妨把它當作是挑戰及磨練才不會過得很痛苦。每次醒來一看到某位班長那種◎○樣，就想好好地……。唉！寄人籬下，諸事得多多忍耐才行，否則以後怎麼成大事呢！我是來接受嚴格訓練的，而不是來輕鬆郊遊的。我只要保持外表嚴肅，內心輕鬆，才能很愉快地渡過這漫長的恐怖日子。

8月6日

不要想太多，自然就不會痛苦。有時天下本無事，只是庸人自擾之。我

這一頂海軍兵帽陪我度過許多艱辛難熬的軍中受訓日子，
它可是有防水功能的喔！
瞧！軍帽是否有種在海上晃動的美感呢？

應該試著去忘掉一些不必要的煩惱。仔細想想，同樣在軍中生活，煩惱是一天，快樂也是一天，為什麼我卻要選擇悲涼呢？想開一點，日子就過得快一些。一手空空來到新訓中心，希望滿載欣喜還故鄉。問問自己，到目前為止，學到什麼？九項管道、游泳、陸操……。個人以為來到中心至少學會救人的心肺復甦術，自救救人的游泳，以及異於常人之忍耐力。

唉！寄出七封信，至今尚未回收一封。其實讀讀朋友寄來的信是一件很有趣味的事，如同體悟一句名言、唱唱一首好歌、欣賞美女的愉悅。

■ 8月13日

眼看就要離開新訓中心，內心的喜悅是難以言喻的。二兵學生感覺來到中心，好像不是在接受任何嚴格的軍事訓練，反而是來渡假的。因為每個週末幾乎都可在可愛溫暖的家中渡過。想想同袍在營中受苦受難，心中實在不忍。

也許是享受太多的自由，而於此週逾時入營。於是班長蔡，便命令同學邊趴邊喊著：「阿輝，我們等你等得好辛苦！」其實我又不是故意的，根本是無心的嘛。不過話說回來，重複聽到這句話時，感覺好像台下歌迷對於偶像的一種真實崇拜的歡呼。……下次我會留意的，請原諒！

第二旅站

地點：左營陸戰隊學校

■ 9月5日

來到陸戰隊學校，心情較以往輕鬆許多。隊長把我們當真正的軍官看待，給了很多屬於我們的自由時間，一切都很舒服。回想那段中心的日子，真不敢想像當時是如何熬過來的，不過，我仍懷念那兒的同袍，長官，花草。很高興能通過中心的磨練及考驗，正因為辛勞付出，所以才能歡愉收割。

生活中本該有苦澀及甜美，才會有趣。說實在的，現在很想再回中心過過那段苦日子，但是人總是很矛盾，當時處在痛苦時，無時不思脫離苦海，只知期待未來，卻不懂珍惜現在。每天總活在埋怨、悔恨中，如此豈有快樂之境乎？有時真的很矛盾。當兵之前，期待入中心，一入中心，又期待入陸戰學校，入此地後，又期待入政戰學校，永無止境的期待卻又時時希望落空，難道這就是我的人生嗎？其實上天仍是照顧我的，一路走來，雖有辛悲，亦有喜樂，但我仍抱持一顆感恩的心來面對我的未來。

這兒菜色不錯，隊長親切懂事，同學間情深意厚，生活無太大壓力，只不過，浴室太小，設備老舊，廁所雖較中心好，但差強人意，寢室太擠，惡夢頻出。雖然環境不如想像中的好，但只要時時保持一顆輕鬆自在的心靈，我想日子會過得很快！

凡事往好處想，對一個人的身心健康頗有助益。真的，有時退一步想，海闊天空。以跑步來說，如何把它當作是一件輕鬆的事，端賴你如何去思考。可以想作是鍛鍊身體，培養健康以吸引異性，造福老婆。跑步時，想想快樂的事，唱唱流行之歌，我想跑步必能像家常飯那樣美味可口喔！

■ 9月10日

這個禮拜大部分都是室外課。就拿今天來說好了，一整個早上幾乎用盡我一生的吃「奶」之力，背著厚重的戰鬥裝備，托著上了刺刀的六五步槍，挺立於火熱的太陽底下接受教官無情的操練。若比起明天的恐怖訓練，今天上午的訓練只是暖身操而已。仔細想想，來這兒的目的本來就是要鍛鍊強健體魄及學習各項技能。在結訓之後，我深信身體一定比以前要好，技能比以前更強。

今晨的跑步是自我突破的重要時刻。不畏艱難，勇往直前，完成了三千公尺之創舉，刷新上禮拜一千公尺的紀錄。想想第一次跑一千公尺時，氣喘如牛，胃痛如昔之老樣，猶如小樹經不起風吹雨打的試練。歷經每天的晨跑後，體力漸漸恢復，身體狀況也比以往更好。這都需仰賴自我的意志力及毅力才能辦得到的。

今晨的跑步中，目睹同袍一個個地放棄，尤其是身強體健的紀青都已軟腿，而手無縛雞之力的我怎能負荷得了呢？在跑與不跑之間，我的內心有著極大的衝突與纏鬥。跑則深怕體力難以負荷，不跑又違背所立下的培養體力的誓言，進退兩難的局面真難應付。此時雜念紛起：行百里者半九十，功虧一簣；堅持到底，向自我極限挑戰。最後竟達成我意料之外的目標。雖然到達終點的一剎那，胃有點抽痛，四肢無力，身心幾乎崩潰。然而在拉完單槓後，心中浮現一個念頭：我辦到了，打敗了昨日無力的我。此刻是我驕傲的一刻，心上的那塊石頭也頓時狠狠地放了下來。呼！好痛快，這有助於我日後輔導學生的正面教材，以本人親身通過難關為例，教導學生在遇到瓶頸時，應該咬緊牙關，勇敢通過每項考驗，因為恆心與毅力是通往成功之路的不二法門。

這兒的生活很枯燥，也很辛苦。上室內課時，不是打瞌睡，就是東思西想，心不在焉。只記得有「班防禦」「部隊指揮程序」及一些關於步兵的基本知識。雖然身為海軍的我所學與此課程可說是風馬牛不相及。然而多吸收

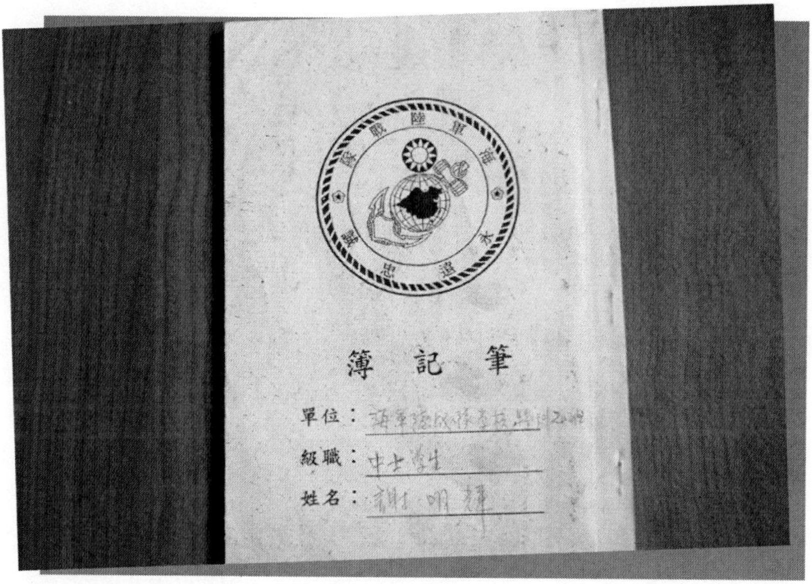

這是我在左營海軍陸戰隊學校受訓時的筆記簿，
除了軍事訓練內容外，
還寫了些什麼呢？

一些軍事知識也不錯喲！

上起室外課來，可就叫苦連天囉！背上扛著大背包，手裏托著六五步槍，頭上又頂著大太陽，一步步忍受魔鬼般的「直昇機搭載」「LVT搭載與突擊」的訓練。老實說，起先感覺很有趣，後來就有種生不如死的體驗了。反正今天的體力透支很多，幾乎快虛脫了。想到明天啊！恐怖喔……

這兒的趣事可真多呢！只要稍微留意周遭的人事物，一定會有意外的收穫及發現。例如，看人打瞌睡的樣子：有的蜻蜓點水，有的青蛙張嘴覓食，有的仰天長嘯，有的則低頭思鄉。姿態千嬌，睡樣百出。另外，看人摸魚，聽人笑話，聞人心事……，只要用心，一定有意外的驚喜的。我就是靠這些喜悅來稀釋內心苦痛的濃度。

■ 9月11日

過得快與過得慢，舒服與否，快不快樂，其實只是一種主觀的感受而已。它已是超乎事實的一種純粹感覺。就拿今天的「小艇搭載及突擊」的課程來說好了，部份海軍同袍因其身體不適而在旁休憩觀摩。姑不論真假，納涼舒服倒是事實。而大部份同學則攀爬繩索，緊張恐懼由十公尺高的樓頂，一步步提心吊膽地向下爬，至小艇後，又得衝鋒陷陣至各自分配的地點等待出擊。如前所言，身上已有厚重裝備，頭戴鋼盔，爬上爬下，跑進跑出，等到一切任務完成後，我的老命都快沒了，累得像條狗似的，喝蠻牛或歐蕾都起不了作用了。

同樣操了一天課，有些人爽得恨太陽走太快，有些則痛苦地怪時間忘了跑。同樣八小時，有人感覺像過了一年，有人則像過了一分。

■ 9月12日

受困於財力之窮，已使生活步調雜亂無章。猶記在大學念書時，亦有類此之情況發生。不過，由於天生之理財頭腦與善於借力於他人，故能一一排除萬難，紓困於危急之時。而今天又再度面臨捉襟見肘之窘境，相信憑己之智慧與才能定能順利度過難關。在此所領的官薪全數已作為保險金之用，故財力拮据是可以預見的。預估11月之後，經濟情況才會有好轉的跡象。說也奇怪，那有人存錢存到餓肚子的地步，就好像是與借錢來請客的情形相同。不過，像我能有預見未來，未雨綢繆的計畫，誠屬難能可貴，應大力提倡與鼓勵才是。猜想未來富裕時的神氣屌樣，就連半夜睡覺都會偷笑哩！

有位同袍跟我有種類似的怪癖。在上課時，他鬼頭鬼腦，東張西望，欣賞著同學們打瞌睡時的千嬌百媚。我倆各從不同方向掃瞄別人酣睡之醜樣。有時目光會與他微微接觸，彼此之間還會發出曖昧的一笑，不過，好險尚未擦出愛的火花來。的確，快樂泉源是自己去尋求的，那怕是件小事都有它可愛之處，唯有知心者才能細細品嚐玩味的。

某位無聊男士有種「恐怖喔」的怪癖。他很喜歡看看我無聊時所寫的文章。每當他看完之後，總會流露出爽快興奮的笑容。尤其是他心情不好時，我的文章更是發揮治療心病的功用。

■ 9月13日

這種愉悅的感覺已經好久沒有過了。它就像男女魚水之歡般，高潮迭起，樂趣無窮，雖然從未體驗過。晨跑五千公尺使我在體能鍛鍊上大有進步，這是一場自我突破的大考驗，欣喜於手無縛雞之力，體弱多病的我能打敗心中的惡魔，堅持到底跑完全程。

未跑時，全身無力，四肢發抖，壓力很大，像一塊重石卡在心上頭般喘不過氣來。不過，在跑的進程中，這些壓力早已忘得一乾二淨，真實的享受慢跑的樂趣，輕鬆自然。不時有股力量在我心中滋長，那是一股經由意志所轉換的能量，源源不絕，使我暫忘紅塵俗世之紛擾，於是腳步輕快如騰雲駕霧，心情自在像策馬奔馳。不可思議地克服心理障礙，突破重重關卡，完成了自我實現的偉大使命。

不過，這次稍稍落後部隊一百多公尺，仍然憑著耐力與毅力緊隨其後，直到終點。前大半段養精蓄銳，儲備能量，就在最後百尺，發揮了前所未有的爆發力，最後的衝刺也使我享受破天荒的快感，有如時下年輕人飆車所標榜的速度感一樣，哇塞，真是爽快！

■ 9月14日

今晨測驗三千公尺跑步。英勇神武的我跑了16分43秒，離標準14分半尚有一段距離。一開始我就落後同學百多公尺，逐漸地愈來愈遠，到最後尚有一二名落於吾後。有人跑了一千公尺就放棄了，有人則半走半跑，有些則全力以赴，有些活像拼命三郎似的，而心情愉悅，輕鬆享受者如我，卻是少之又少哩！所抱持的心態只是想慢慢地跑完這一段路，儘管一路上沒人陪我，但我仍盡力完成個人的小小測驗，不斷自我突破使我更欣喜面對人生。

週末夜晚是大家最自由放肆的時刻。有些同學放隔夜假，離營返家享受天倫之樂，而我們也懷著快樂的心情來迎接「龍兄虎弟」的陪伴。尤其是大家相聚在一起欣賞著幽默逗趣，精彩絕倫的娛樂節目更有一番風味。或許這就是軍中同袍增進情誼促進和諧的最佳調味劑。說實在的，有時內容不怎麼爆笑，可是大家竟也無聊地笑得東倒西歪，也許是一種溫馨所醞釀出的歡笑吧！

■ 9月16日

今天是我的生日，同時也是海陸隊慶。試想全國多少軍人歡欣鼓舞慶祝隊慶，而我也略沾點光，心中無限感激，也感到受寵若驚。

晚上新聞報導颱風動態將不影響台灣的消息，我有點失望。本來異想天開，希望明後兩天颱風滯留台灣上空，接著兩天引進西南氣流，狂風驟雨，如此一來便不用頂著大太陽，在烈日炎炎下苦操煎熬了。不過，仔細想想，承受颱風肆虐的災民呢？無家可歸，顛沛流離，妻離子散，叫人情何以堪？

唉！颱風如聯考，幾家歡樂幾家愁？

■ 9月18日

天早就著好裝，帶好槍，準備赴靶場打靶。大卡車載我們至高雄某某鄉待命。帶著一顆輕鬆愉快的心情沿途欣賞來往的車輛及軍中所謂的「母豬賽貂蟬」。遺憾的是，一天下來深受鼻子的折磨與煎熬，使我非常難過，無心面對人群。此種痛苦絕不亞於烈日下的烘烤。打靶是件快樂的事，儘管沒命中目標。離開營區，與同袍同搭一輛卡車，這分相聚同樂的感覺很窩心。

生日忽過二日，才想起買些東西請請大家。同袍東喚西呼我的名字，使我有種受歡迎的感覺，雖然壓根兒是喚著餅乾的名。反正心情好就請人，又何必假借生日之名呢？憑感覺行事的人本來就比較瀟灑浪漫的！

■9月19日

在這兒有個重大發現。一位同袍長得極像我的表弟泰安。不管在作風、體格、談吐，簡直判若一人。另有一位在行事作風上也類似我的弟弟。然而他的外貌稍稍遜色，矮矮胖胖的，每次都親蜜喚我一聲「輝哥」，害我起了疙瘩。

■9月24日

今天第二次打靶，地點與上次相同。不同的是今早落雨綿綿，心情隨之悶悶。兩次六五步槍的命中率可謂平分秋色，而四五手槍依然是打打玩玩而已。可笑的是，當我射擊時，目光只凝聚在瞻孔與目標的位置，並未透過準心，怪不得爛得非常徹底，因準心在兩者之間，必須三者成一線，始能命中。所以我的射擊率為零。

第三旅站

地點：台北政戰學校

■10月2日

同袍說在這裏的生活可用「吃飯、睡覺、打飯」等字來形容。乍聽之下，似乎沒什麼生活樂趣。有位同學說：「莫名其妙又過了一天了。」他們認為在這裏除了吃飯睡覺，就只有上課而已，枯燥乏味又不充實。唉！無聊喔！

有位無聊人不僅偷窺他人睡姿，還研究睡者之生活作息。那位專家能神機妙算，預測睡者之動態。他提出了愛睡者的心得報告。上課前，生龍活虎，處於興奮期；剛上課，精力漸失，進入催眠期；上課中則彈盡援絕，屬最佳睡眠期；下課後，體力恢復，屬抽煙期。

原來看人打瞌睡是一件享受的事，那我可要好好享受這段偷窺的好時光喔！

這裏的景色我得要好好描述不可。廣場浩大可作棒球場之用。花木扶疏，綠草如茵是最大特色。每次經過此廣場，便可自然欣賞到青山雄壯巍峨之美，它的臂膀寬闊，禪坐面前，猶如觀音俯視民間疾苦，我有時仰首望天，哇塞，雲縫間隱透幾道光束，彷彿神仙現身前，空中展現金光閃閃，瑞氣千條之壯觀景象，令人目不暇給，悸動莫名。

■ 10月11日

昨天是國慶日，我過得很特別。下了一整天的雨，我待在家駿的家裏。在他家看書、玩電腦、下棋。看完了《品嚐詩的滋味》這本書後，感覺自個兒的文學造詣提昇了不少。歸營後，見窗外夜景，心有所悟，信口吟出「夜燈數綴半山外」之詩句來。其實每個意象皆可以時間或空間之詞來修飾，如此則更像詩句。比如，晴川、江楓、椰湖……等詞。此為讀詩、賞詩後的小小心得。雖然表面上在他家很無聊，其實無形中已累積了很多智慧。

某日中午，俊男力邀本人撰寫一篇有關政治性的文章，題目是「堅定國是信念」。一看到題目，立即的反應是，放棄吧！然而仔細思考後，決定接下這項任務。用意只是想做個新嘗試，以往文章類型較偏於抒情性、記敘性，即使有論說性的文章，大多以探討人生哲理方面的內容居多。

這個議題滿難下手，不過，在平常實力的發揮下，終於在中午撰稿完成。長官批閱後，非常滿意，評語為「文句通順流暢，頗具潛力」。孰知最後結果，我不用上台報告我的作品。老實說，我滿失望的。白白浪費了一次訓練口才與膽量的機會。此事讓我對人生的得失上有另一番更深的領悟。

得失之間不可看表面，得失恍若一線之隔。得了長官的賞識，卻失了磨練自己的機會。若是往得的方面想，心情自然快樂。若是從失的角度出發，內心則鬱悶難解。若能超越一切得失，不受外境影響。我想，豁達逍遙之境界是可預期的，正如古人所云：「不以物喜，不以己悲。」

我就是想不透，故心生矛盾。心中許多疑惑，不知如何解決。天下之大，唯有一人能解，此人便是心中的敵人：自己。

下午山的那頭出現彩虹，一眼望去，覺得好興奮。那時的天空高掛兩道彩虹，矇矓模糊的一道稱為「霓」，七彩繽紛的另道則稱為「虹」。這個常識是昨天在家駿家中翻閱兒童讀物所得知的關於有趣的自然景象知識。

我與她若能攜手漫步在那長長的彎虹的話，該有多好！唉，幻想總似那虹霓般，轉瞬消失於眼前。

■ 11月27日

剛要提筆寫字時，座旁的小揮一臉狐疑，並質問我說：「輝哥，這麼早就寫日記啊！還沒晚上呢！」多愁善感的阿輝對莫名其妙的小揮說：「日記是一時心中的感悟而非一日間事之描述。」小揮聽完後，便以深情崇拜的眼神痴凝著我，不久，他竟睡著了。

早上兩堂課，老師放一卷「大話情人」的錄影帶供我們欣賞。內容描述劉德華苦追關芝琳，運用了許多泡妞絕招，最後印證了「死會可以活標」的道理來。這是一部非常爆笑逗趣的電影，保守專情的琳在與浪漫痴情的華相處一個月之後，終於明白自己愛的是誰。只是心中存有迷惑未解：現實中，有為了心愛的人而不惜犧牲一切將其拱手讓給情敵的男人嗎？劇中更製造許多巧合與荒謬，令人無以陶醉其中，讓人以為這一切都是假的，毫無賺人熱淚、動人心弦之處。

■ 11月29日

昨午抽籤分發單位，其中16支是船籤，5支是地籤。無可避免的，我抽到船籤。一切的結果，我完全順從上天的旨意。這是我無法抉擇也無法討價的。對於一件事的結果，我都以平常心看待。究其因也，我想是經歷的事很多，看的書很多，接觸的人很多，所以自己的價值觀及想法、心境也就隨之改變。愈來愈樂觀，愈慈悲，會替人想，會為己謀。真開心，每日為自己的成長而喜悅，這種心情有如父母「望子成龍，望女成鳳」之渴望一般。

昨晨，阿生被隊長抓到偷吃營外的早餐。晚上，隊長便要餐廳班全體同學為他洗車打蠟。小萬先起帶頭作用，然後大家跟著做。原來他以前曾有過洗車的經驗。對於虛心學習的我們也很快地吸收他的經驗，以後倒是可以考慮以洗車為副業。

■12月2日

研究打瞌睡之姿勢，越來越有心得。每當由側面去觀察入睡者額頭上的皺紋時，我能體會他們內心有極大的衝突與掙扎。此苦痛猶如拔河於禮教和自我之兩端。在自我意識上，他們有入睡的慾望，卻苦於禮教之規範而無法為所欲為。於是內心的掙扎如實地反映在臉上的扭曲表情，由於五官與大腦中樞神經之間的命令傳遞產生不協調的狀態，故瞌睡者時而雙眼忽明忽滅，時而嘴歪水流，引人竊笑。

其動作又有點像古代婚禮之儀式。當其頭前俯時，則為「二拜高堂」。後仰時，則是「一拜天地」，鄰座兩人相撞時，當然是「夫妻交拜」囉，真是天作之合啊！此瞌睡情景又可比喻成棒球，如同投手的球路：上飄，下墜，左旋，右轉……。

■12月9日

上個禮拜至左營見習。最刺激的事是上繼光艦實習。船上雖然空間狹小，但伙食相當不錯。一天中有四餐供應，以肉類為主食。不難想像，在船上撐不了多久之後，外形上必有橫向發展之虞。

在艦上碰到高中同學盛文，他已是職業軍人了。雖然短短三天的見習，卻受到他百般的照顧。禮拜四出海執行拖船任務，由兩艘海軍最強力的軍艦負責，一是拉法葉，一是１１０５。

第一次隨艦出海的感覺是令人難以忘懷。尤其是置身於汪洋大海中的軍艦上，嘔吐一事更是刺激又新鮮。記得大二時，班上與某護校聯誼時，曾坐船到小琉球，航行中，我吐了滿地，雖然只有我看見，但已有不少人知道此事，當時真的好糗喔！

第一天出海，風浪不算大，立於瞭望台，向無垠的大海遠眺，海上的浪花恰似一條條小白蛇在綠毯上蠕動翻滾般可愛，海天未連成一色，水是深綠的，天是淡藍的。眼前的天幕中懸浮著圍巾般的雲帶，不時襯以明暗的光影變幻，此景象宛如一幅軍艦夕征圖。

左營區的消遣活動就是下下棋，看看錄影帶。一次，我與弘偉對奕，那時我戴著從艦上買來的航行帽，新穎別緻。想不到，此時義風出現在背後，細心以手勢指導我下棋，果然有「不語旁觀者」的風範。不久後，他竟把我的帽子戴走，一溜煙就從中山室消失了，從此音訊全無。

在船上聽來許多預防嘔吐的妙方，像是少吃甜的，多吃多吐啦，多看遠方，多睡覺……。萌邀我下棋，想藉以轉移其對「嘔吐」的注意力。結果他本來想吐，下棋後，竟也改善了他的窘困，而我呢？本來不想吐，下完後，卻油然而吐了。

■12月8日

上週日，輝龍、邦傑、勇智及我等四人開車前往北縣九份散心賞景。那天冷風刺骨，任我全身包得一塌糊塗，仍無法抵擋其無情的擁抱。真的好冷耶！不久後便往基隆飆去。印象中，去過茶壺山、濟清廟，吃過鼎邊銼，其內容主要是用麵粉做成的兩三片QQ的東西，口感不錯，本質很像烏龍麵條，熱湯中加些香美的佐料。也吃過天婦羅，類似甜不辣，不過比較Q。

　　昨日收假歸營，途經台北車站旁，一座陸橋下，約有五步距離吧？有一女子上前阻擋我的去路，那時口好渴，無力拒絕下，便隨之直上位於十六樓的公司。訪談中，我已飲完約五六杯的水，她見我無意參加實用英語的學習活動後，即送我下樓。離去時，誰知另一女子驅前搭訕，熱情招呼我說：「你的頭好小，有baby face的模樣，好酷喔！」接著就遞一張名片給我，芳名是廖書吟。

■ 12月12日

　　昨日奉輔導長之命撰寫一篇以「己所不欲，勿施於人」為題的文章。由於我平日訓練有素再加上臨時的苦心思索，終於在晚上八點前完成任務。交稿之前，三位同袍先行閱讀我的作品，他們不約而同地讚美我寫得不錯，真是意料之外。

論述此題，我可是下過極大苦功，絞盡腦汁才勉強完成，不料卻贏得讀者的肯定與敬佩。此文旨意是以人性中的惡習—自私—為出發點。由「己所不欲而施於人」之心態為引子，接著提出立身處世應如止息此種心態，從而增進「己立立人」，推內及外的功夫。

■ 12月14日

由於特殊需要，上課時，我們會將鐵製碗筷安置於木椅下。幾乎每堂課都有人因變換瞌睡雄姿而踢到鐵碗，進而發出擾人聲響。此刻總有人隨之以不平之嗚呼應之，更有甚者，有人原本平靜之心因而怒濤洶湧，傷肝殘脾，損人又害己。而我卻無動於衷。因我站在他們的角度思考，這是無心之過，何必會小事而發怒呢？試想：若是別人故意使鐵碗發聲，那他大可天天為之。為何今天是他，明天則換別人呢？當他疏忽一次時，自會警惕一次，於是下次就不會再犯了。我們又何必當場給人難堪呢？

■ 12月16日

兩天來，我寫了十五張小卡片給一些想念的朋友。第一次嘗試以英文書寫卡片給外國老師。她是我大學時修外文輔系的英文老師。寫信和日記一樣，可以增進寫作的能力，所以我對寫作愈來愈有興趣了。

又有一位同袍欣賞我的文章，每當得到更多讀者肯定及讚揚時，我的信心則與日俱增。原本懼怕他人讀完我用心所寫的文章後，會對它不屑一顧或貶其身價，此疑慮已隨知音者日益增多而逐漸掃除。真希望有出版者願意與我合作，替我出書，這才是作家基本的成就及喜悅。

前兩天與建毅同行參觀北美館。此行與上次高美館不同之處，在於此次有解說員在旁剖析作品之深蘊及作家之風格。作品中的意象常隱喻作者內心所要表達的東西，比如，「盆」象徵子宮，以色列女畫家以其生活經驗為主軸，內容雖有女性意識之嫌，然其所勾勒出的飛翔的女人及靈魂之盆幾乎建構成一幅蠻荒的混沌世界。

材質本身有時也是作家用於作品的一種象徵。女畫家化腐朽為神奇，利用廢棄雜物或瀝青柏油，拼湊貼補成一個抽象含混的世界。非經解說員的闡述，根本無法內窺作品之真貌。

第二位畫家為郭教授的山水田園畫。當解說員精彩的分析時，而我則在一旁聆聽有關美感經驗的傳授，總算還有點收穫。當我們欣賞一幅圖畫時，先要尋找畫中的動線及主題所在。基於此兩點見識，下次我有機會再到北美館的話，會再仔細研究研究，若有人陪行，我又可大大表現一番哩！

昨晚觀賞「魔鬼毀滅者」這部電影。片中阿諾展現英雄本色，打擊犯罪，幫助政府將叛國賊繩之以法。此片高潮在於持有電磁槍的恐怖分子與勇猛善戰的阿諾之間的打鬥場面，刺激又緊張。此類先進高科技產品之性能乃是利用夜視鏡透視障礙物，進而搜索目標，採用高速穿透法，射穿人體，一槍斃命，殺傷力極大。另一高潮則是阿諾與鱷魚搏鬥那一幕。

駕馭文字的能力每一增強，我便添一分喜悅。上段以寥寥數語來描述此電影內容，是否有影評家之風範呢？多留意語詞之結構則為我寫作上的一項突破。

第四旅站

地點：澎湖馬公

■ 12月30日

早上搭七點的飛機前往澎湖馬公報到。初次來到馬公的感覺與之前所聽聞的不太一樣。聽朋友談起澎湖，總是誇說風景優美，非常好玩。然而，此刻眼前所見卻是一片荒蕪落後，實在叫人難以想像啊！

到這裏有孤立無援的無奈及無力。第一天報到適逢輔導長升官的時機，正好可於今晚見識軍中升官文化。天色已暗，全艦軍士兵在碼頭集合晚點名，以ㄇ字形呈現出來，中間空地留給長官公佈重要部隊命之用。值星官執行慣例動作後，艦長公佈輔導長晉升少校一事，先是介紹他的工作表現概況，再來則是將輔導長軍服臂上的上尉階章拔除，換上少校階章，

受訓後的第一個服務單位是編號９２０陽字號軍艦，
當時它停在澎湖馬公港定保，
所以讓我有機會體驗澎湖半年的民俗風情。

儀式始告完成。

三餐受人侍候的滋味怪不自然的！軍艦上的餐廳基本上分三個區域：上官廳、下官廳和大飯廳。軍官級在上官廳，士官級在下官廳，一般士兵則在大飯廳，階級分明，用餐謹嚴。官拜少尉的我理所當然在上官廳吃飯。一入官廳，飯菜早已各就各位，餐盤依艦長、輔導長等職位高低，由裏而外，秩序地安置在官桌上。而我則坐在最外且靠門的位置。小官通常先就定位，艦長是最後進官廳的一位，一進門，衆官須起立迎接，俟艦長坐定後，各官才坐下。一聲熟練的命令「請用廳」，接著大家便開始戰戰兢兢地「享用」美食。官廳勤務士兵好像是我的僕人，而我又好像是艦長的僕人。

身處軍港堤岸，遠眺茫茫大海，竟無法察覺它的浩渺之美。記得以前在西灣堤岸總會不禁多瞄一眼落日的浪漫，如今卻再也難以體會了。此為外境使然，抑或心情緣故呢？我不想深究下去！

這兒看不到台灣本島的高樓大廈，舉目盡是矮屋窮舍，交通建設並不發達。我不想太奢求什麼，畢竟以珊瑚礁聞名的澎湖如何與繁榮富裕的台灣相比呢？

■12月31日

輔導長是我的直屬長官，他要我協助他寫文章投稿，雖然自以為能力未逮，但我會盡力做好本分的事務，對我而言，這也是一種學習！午後他帶我到艦令部拿忠義報以作為寫文章的參考範本。回寢室後，他細心指導我寫作技巧及投稿方向。雖然聽來簡單，可是寫起來未必容易喔！

下午與我交接的政戰官收假歸營，他和藹可親地為我介紹政戰工作的主要內容。一天之中，我拜訪輝龍，他過得不錯，而建毅來訪問候。得知好友分發的單位都不錯，我也心滿意足了。

來澎湖擔任新進的政戰官是相當意外，作夢也沒想到會在鳥不拉屎，雞不生蛋的荒地住上幾天。不過，經過幾天的觀察之後，發覺澎湖仍有許多可愛之處。比如說，跨海大橋和鯨魚洞。雖未曾駐足跨海大橋，然而當飛車疾駛於兩旁皆海景的長橋上，內心相當興奮，而立足於西嶼小門的鯨魚洞時，腦中浮現「威龍闖天關」的壯觀畫面，不知是鯨魚在風雨交加的夜裡閃躲不及，撞擊岩壁因而形成拱門洞？抑或是大海經年累月侵蝕岩岸而成的特殊景觀？

深深了解海與我這一生是脫離不了關係的。每當眼前是一片遼闊無際的海洋時，我的心便會舒爽且寧靜。我曾在堤岸看海，船上看海，岩岸看海，沙灘看海，夢裏看海。好高興今天有幸能在澎湖看海。

■86年元月1日

今天是元旦，我以特殊的活動來慶祝這個充滿希望的日子。寫了「澎湖之橋」一文，投稿至忠義報，竟刊登出來。

■ 1月3日

昨日洗衣房二兵小竣找我聊天。我們幾乎無所不談，談軍中趣事啦，日記功用啦，昔日求學之經過啦，尤其是愛情經驗更是聊得精彩！

夜裡在官廳，我與副長、醫官等三人觀看「非常男女」的節目。在「非常話題」的單元中，與會男女就「男女之間是否有純友誼？」的問題進行討論。大多數人認為男女之間是有純友誼的。副長的想法滿有趣，他說：「這要看對方長得如何來作為友誼持續下去的標準，若長得不錯，友誼可昇華為愛情，若是東施之貌，恐怕只有純友誼。」

■ 1月6日

酒之為害大矣！今夜部隊戰士又因酗酒而惹出與他艦打架之事端。我不太清楚此事之來龍去脈，不過，酒能亂性的道理我是非常了解。貪杯者誤事乃為常情，古人以酒助興大抵表現在宴會慶典中。李白飲酒而詩興大發，作詩吟對，出口成章，商紂酒池肉林以致誤國滅亡，雖為同好者，然其結果迴異！李白留芳百世，而商王遺臭萬年。

■ 1月10日

今天我耍了一個寶。輔導長要我準備家屬連繫函的工作。欲查士兵父母姓名卻不敢在部隊集合時宣佈相關事宜，只好利用「新進人員報到簿」來完成這項任務。

入伍以來能維持我樂觀開朗心情的主要原因即在於觀察某人的有趣長相。有的像某位朋友，有些像卡通人物，有的又像滑稽動物，原來世界是這麼奇妙又可愛。

■ 1月25日

早上和「波仔」（即輔導長）至海軍技術學校參加「訓練暨政戰會

議」。禮堂前排盡是將級長官，不禁想起一首兒歌：「一閃一閃亮晶晶，滿天都是小星星……」他們軍服雙臂上皆綴有星形符號的官階臂章。

■ 2月4日

兩三天來一直忙著佈置春節活動，這也是我的工作內容之一。我學到很多有關美術方面的技巧和知識，如拓印、手繪ＰＯＰ、吊飾……等。對了，我還以毛筆親題對聯。內容是：「新意悄萌福自來，舊情盡卻心向陽」兩句末字以萊陽軍艦之名為思考基點。運筆過程中，速筆較活潑有生命，而緩筆則較死板無氣力。

■ 2月19日

今天航行時差點害小艇落海。軍艦進出港時，艦上全體人員皆須各就各位，完成進出港部署。全艦分為艙面和艙底兩組人員。艙底人員主要負責軍艦的動力系統，由輪機部門執行，長官為輪機長。艙面人員負責纜繩解繫及港口維安等項目。由艦務部門執行，長官為艦務長。軍艦之首中尾等三區域，必須由軍官手持無線對講機就港口狀況，回報給舵房作行駛之判斷。回報重點包括附近船隻方位和距離、士兵解帶纜等情形。直到通過港口燈塔時，舵房人員會廣播：解除進出口部署，之後，則由三組人員輪班到舵房值更，執行海上巡防任務。

進出港時，我是負責艦尾的安全狀況，而航行時，我是舵房的副值更官。航海知識我比較缺乏，所以每次聽到出海執行任務，我就膽顫心驚，心跳急促。若回報錯誤，會影響軍艦的安全，還好附掛在艦上的小艇安然無恙，所幸只發生小擦撞而已。

■ 2月21日

以前坐過幾次出海的船，不過沒像這次那麼恐怖。此次任務是要出海試射飛彈。軍艦離港不久，我已頭暈腦脹，嘔吐頻頻，差點連膽汁也吐出來了。所吐之物大都為白色泡沫。

醫官以前也有類似經驗，那種生不如死的感覺使他有股跳海的衝動，真是可怕！由於心理因素，加上本身無法適應海上生活，且又驚嚇過度，所以他向艦長請求航行時不當副值更官，故昨日的他幸福地暖在被窩裏而與周公暢談當年之勇。

對我而言，更是嚇得吃不下飯來。其實不管吃不吃，最後都得吐。然而，如果不吃，吐不出東西更是可怕。唉，狼狽了一天！所謂「陸上一條龍，海上一條蟲」可說是我軍旅生涯的寫照。

不過，本艦試射飛彈命中率百分百，投射兩發，命中兩發，由於此次成功的操演已使本艦提昇了戰力。早上出海，而晚上歸航，其間兩餐皆沒胃口，於是靠港後，逕至軍港速食店買他個兩份炸雞，兩杯柳澄汁及一份薯條。補得飽又爽！此次經驗既緊張又難忘！

■ 2月25日

生活的不如意加深了我申請調陸的意念。我知道這是不可能的，不想太勉強自己，期許混個生活哲學來。顯然，我的打混功夫尚未成熟，只會造成別人的反感而已。試著強硬，總是有些顧慮，欲哭無淚，欲走還留的日子真是難過！

上週末至２２６軍艦找俊萌打屁，正巧他在值更。我們談的都是埋怨、不平的事。陳儀和龍鋒運氣不錯調至休服中心擔任行政人員，聽說是個涼缺又多錢！

明天又將面臨嘔吐的折磨，那將是一段很長很可怕的日子。今天過得好累好累，日子過得很慢很慢，人很軟很軟。有時想想，不可能週遭的人都是溫和的，他們有他們的待人方式，雖然不是尊重，但也是一種接物的方法。正因為身旁的人有不同的行為想法，才可以鍛鍊我們的意志，開闊我們的胸襟，體認我們的生命。在軍中，若能應付來自不同背景的弟兄，那麼在社會必能妥善處理人際關而成為受人敬重及肯定的人。不是嗎？

■ 2月28日

在海上漂流，船上除了飲用水外，真到了缺水的狀態，頭暈眼花，分不清東南西北。口乾舌燥，吃不下山珍海味。還好我是軍官，若當小兵，肯定被修理得很慘。

擔任副值更官覺得好累，晚上值更尤為辛苦。進入舵房就像走入一條深邃的長道一般，烏七麻黑，伸手不見五指，只靠著些微由儀器所發出的紅綠光來執行任務。值更時，每十五分鐘須在海圖上定位並紀錄下來，若偏離航道，則須告訴舵兵，左舵15度（左轉），或右舵15度（右轉），以調整回正確航道。此外，注意海上各種船隻航行狀況更是重要，若發生碰撞，可就上頭條新聞了。

航行過程中，學到些東西，像GPS、Gold Star、雷達複示器，這些儀器能幫助迷航中的船隻辨別方向以及觀察附近的水面目標。

■ 3月1日

給我一杯忘情水，換我一夜不流淚，……。讓我忘了一切，忘記是誰。先談昨夜學了什麼。

使用六分儀拔月亮（以月亮定位）；霧中行駛拉霧號（鳴聲示警）；入夜後舷燈左紅右綠，桅燈最高，距離燈次之；觀察水面目標的方位變化，其超前或落後，可作為航向的參考依據。反正開船講究航安，若深諳避碰之理（類似避免車禍之意），始可確保航安。

到一個新環境後，先要熟悉狀況免於瞎碰亂撞，進而講求學習得失。在新訓中心，游泳學會；在陸戰學校，體能增進；在政戰學校，懂得享受人生；如今於萊陽軍艦，習得航海技能。

學了中文才察覺寫日記的重要，因為文章寫得好是中文人責無旁貸的事。寫日記正好提供磨練文筆的管道。寫了一年半的日記，深感文筆漸進的趨勢。不過，功力起起落落，走走停停，不甚穩健。努力不懈，持續不斷，我才能漸達我的目標—作家，老師，教授。

■ 3月3日

艦上每月須由政戰部門舉辦慶生餐會，這也是我的工作之一，必須準備禮物和卡片以及相關活動程序，通常由一位政戰士來幫助我執行。我先擬好簽呈及相關計畫，經輔導長複檢閱目，再由艦長批「如擬」或「可」後，活動即可進行。

不說也罷，說了傷心。先從昨夜慶生談起好了。一開始場面靜寂，毫無生氣。漸漸地，由於反潛官的細心指導，使我有勇氣活絡整個氣氛。

來到軍中，我所扮演的角色愈形重要，在各項集會慶典時，我都要當司儀以促使會議活動的進行。剛開始擔任這項任務時，因缺乏經驗，所以在發

航行中，除了睡吃吐拉外，
我會辦些公文，計畫寫完後，
就會蓋上專屬的官章，蓋章後可要負責呢！

音上總會因吃螺絲而搞笑了整個場面。像昨夜即是一例。還好輔導長教我如何應對進退，扮好娛樂大家的角色。敬酒是基本禮儀，所以我先至主桌敬艦隊長，而後run一圈至艦長打通關，再至台上主動點一首「紅塵來去一場夢」的歌。沒想到，「餓鬼假小字」（台語發音，意指很假）的士兵們竟一窩蜂擁至台上唱歌跳舞。我乘勢打好關係，逐桌問候每位弟兄，大家都很敬重我，支持我，欽佩我，我隨之感動。這是一個不錯的夜，我似乎醉了。

今天下午應各官員的要求，我率領各戰士前往參加核生化訓練。的確，這是一個難忘的回憶。我們必須幾秒內戴上防毒面具，然後進入佈滿濃煙的建築物，過程中，淚流涕下，臉熱似四度灼傷。原來生死一線間是如此奇妙啊！

■ 3月7日

昨夜離開澎湖馬公港前往蘇澳港。依任務需要不同，軍艦出海少則一

軍服上的肩章很像蝴蝶飛舞，
我負責的工作很廣，
有時像公關辦活動，有時像心理醫師撫慰官兵心靈，又像……

天，多至五天即返港。出海前，相關人員會準備好足夠的伙食，加滿足夠的油量，在官廳召開航前說明會，然後出海執行任務。航行時，在舵房值更是我最累的事，例行公事有：海圖定位、觀察水面目標、看看士兵有無偷懶、維護舵房秩序……等。下更後，主要是補眠，或辦一些公文，或寫些東西。終於……今晨六時抵達群山圍繞，四周僻靜的蘇澳港。

■ 3月9日

靠港時，士兵會在軍艦與碼頭間搭一通道，稱為「梯口」。接著由一位軍官和兩位士兵值更，維護軍艦整體之安全。當軍官出入梯口時，值更人員須喊：「敬禮，某某長官好，放下。」軍士官出入軍艦比較自由，士兵必須報備直屬長官後，才能下船。

下船後，先至隊部了解狀況。赫然發現山腰上有座媽祖廟，索性沿著階梯尋其所在。原來是自助式的廟宇，自捐香火錢，然後捻香膜拜。不知情之下，隨性捐下50元，卻不知虔拜，只以雙手合十的方式表達對神祇的崇高敬意。

■3月11日

由於不大懂軍中規矩，在服役過程中老是跌跌撞撞，碰得滿頭包。比如說，夜晚著大禮服值便，擔任司儀不稱職，使用艦上廣播器時，廣播說「輔導長速至官廳」，低階喚高階是軍艦廣播器使用上的大忌。

■3月18日

烏坵運補任務中，我以擔任安全服務人員為榮，學習如何安排乘客的生活起居及心理行為。說服務嘛，似乎服務不週，說不服務嘛，又熱心投入照料旅客的生活。

烏坵是個軍事基地，當地居民不過五人，大部分是軍人，交通工具自然是軍用大卡車。它是個小山丘，荒煙蔓草，於落錨的軍艦上望去，就像一隻烏龜披著草衣斜躺在海面上。

夜航中，老兵（兵器長）強逼我依照當時的心情吟作一首七言古詩，於是草草應付，略記如下：

浮月孤照偏舟流，江海茫茫踏雲霾。
苦學船藝技不精，幸賴龐物拔山來。
心懷壯志無人問，涕泗暗落訴青臺。
飲酒解愁愁算愁，陰耗已過天已白。

此詩不合古韻，但合今韻。詩中所說的「龐物」指的是兵器長。兵器長也是我在船上的痛苦之一。他的身材肥腫，眼小鼻塌，嘴形似一對紅蠶，不時分合，一副正方銀色鏡框須靠兩旁豬耳撐起，行走時，上身微微後傾，豬肚若隱若現，雙腳八字向前，無論遠看近看，正看側看，實令人生厭倒胃。倒胃的不在於他的外表，而在於他對人的態度和思想。

3月21日

人心為惡，此為肯定之論。不管在軍中或社會，性惡之論不時印證著，唯有互相利用，互相作假，互相懷疑，互相鬥爭，始能獲得生存。相交之初若以低姿態來待人接物，一定讓人得寸進尺，頭頂撒尿。若能先嚴後寬，下個馬威，或許能維持雙方和諧。

較弱也好，謙卑也好，反正我想的都太單純了，在龍蛇雜處的軍中，客氣的人早已絕跡，戰術運用得宜者，始能長治久安啊！

3月26日

終於在無奈的愁容中勉強擠出一點笑顏來。林孟儒，國中同學，與我巧逢於左營西五碼頭的軍艦上。原來他也和我同屬海軍的命運。一切是如此突然，我來不及喜悅，滿腹牢騷便順勢爆發出來。正如輔導長高估我能力時所發出的哀喊：「我的心臟病快爆發出來了」。

「他鄉遇故知」的那種久別重逢的開心，恰如得知某位美女暗戀自己的那種驚喜一樣，真是痛快！

■ 4月2日

航行中，擔任副值更官的我，怎麼做也做不好。不知我是那裏聰明了，副長竟誇我與電子官機智，而飛彈官雖不如此但夠努力了（類似勤能補拙）。彈官聽了很不爽，整天悶悶不樂，還東辱西罵，簡直就是瘋子嘛！

■ 4月3日

反潛官託我幫他寫一首以他女友之名（杜昌薇）為內容的情詩，我在短短幾分鐘內完成高難度情詩創作。今錄於後，以資紀念：

杜門美色天下羨，昌麗淑媚醉魚沈。
薇草吐芳招蝶伴，情濃銀海可比深。

其實綜觀此詩的形式技巧和意境內容，不難看出兼具視覺美感及聲韻清亮的效果。雖不算極品，亦應屬佳作吧！

■4月4日

本來只有老兵（兵器長）有捏小老弟（我）耳朵的癖好。捏時還裝出替人痛苦的表情，紅蠶隱藏下的一口伶牙俐齒都露出來了。

曾幾何時，就連老作（作戰長）也染上此惡習，以摸耳朵示愛的歪風實不可長。本人就是在這樣的性別角色模糊的環境下成長生存的，難道這兩隻已喜歡上我了嗎？？？咦～～～恐怖喔！

■ 4月10日

現在船就要啓航了，心情好怕。

■ 4月11日

不知是否該把碰撞事件記載下來。內心噗通噗通，跳個不停。在軍中顧慮很多，無法盡情揮灑，享受自我。過份強調階級服從，老實說，我過不慣。過不慣的原因在於強調軍中倫理的同時更應該以愛和關懷為出發點，促進上下的團結。

收音機傳來的應該是生動悅耳的樂聲才對，然而，對於身心受到極大創傷而想逃離此地的我來說，一切是那麼難聽，無味。

為什麼不如人意呢？唉！胸口很悶，很累，睡不著，很多事，很難講。

眼睛好燙，背脊好酸，頭很痛。

午餐後，艦長開示相當多的為人處世之理。我聽了很感動，眼淚就快要滾落，我還強忍下來，畢竟一生中真實的感動又有幾次呢？

■4月24日

昨夜夢裏似乎有死的感覺，而且非常地強烈。夢到自己已不在人世間，一切的作為，一切的感情都將成為烏有，真的很可怕！

本艦由左營港行駛至台中港途中連吐了九次。尚未把不為人見的次數算在內。真正體會出生死之間，真的是一線之隔。想吐吐不出，不吐卻又吐的不確定感，實在很恐怖。人生不正如此？一旦無法掌握眼前的東西時，確實有失落恐懼之感。

■ 5月2日

航行中偶有小鴿停憩於76甲板上，心想若海上無來往的船隻，那麼那些飄洋過海的鳥類會在何處休息？海面是多麼遼闊，小鳥是那麼渺小，想飛越重重海關，恐怕不是件容易的事。

■ 5月5日

此次出海，不同以往，波平浪靜，舒暢怡人。若能不值更，海不起浪，那怕是遠航他國，我都無悔。以輕鬆快樂的心情出海偵巡，心頭無壓力，就像遊湖時的興奮，有誰不願呢？

■ 5月10日

正午時分，頭突然有點昏沈，可能是一直承受來自其他同事的冷嘲熱諷的緣故所致。小睡片刻，情況未好轉，索性步行至二軍區尋訪建毅。約於午后一時多，我倆騎車出外遊玩散心，去了風櫃及觀音亭兩個好地方。

似乎穿越時空，童年的記憶浮現腦海，沙灘上留有足跡，不可磨滅。抓螃蟹，撿貝殼，欣賞著岸邊石縫中的小生命，一切都很平靜自然！

在觀音亭看日落時，有人喚我小政（政戰官），赫然發現是威銓、上林、國峻等五位小兵。原來他們坐在堤岸窺賞沙灘上穿著連身泳裝的女子，連我看了也都快流口水，不禁疑惑，日落與美女，何者為重？我會選擇一箭雙鵰！

■ 5月11日

此刻梯口值更，心情煩悶。眼看一個個放假班人員漸行漸遠，直到消失於碼頭盡頭。

今日是母親節，各一定有很多慶祝的活動，真難過。我慶祝母親節的方式是先打電話向母親問好，再郵寄澎湖名產使母親驚喜。

我和兩位比我還菜的士兵站更，非常無奈！不過，我能了解「菜員們」的困窘和笨拙。因為當初接觸新事物時，我也是很緊張，忘東掉西，手忙腳亂，常引來責罵和斥喝！因此我不以當初待我很薄的人的方式待兵。其實到現在，我還是像以前地狼狽，說來慚愧，想來可怨！

■ 5月12日

航行中波平浪靜，天色頗佳，尤其是黃昏日落的景色更令人賞心悅目。很少在軍艦上欣賞晚霞落日，今日有幸睹此美景，神清氣爽。偶有二隻小鷺鷥停憩於甲板上，不知是否為一對情侶？尖喙白裳，黑足細細，立於舷邊，雖然是過客，但總留下它們的足跡吧！

■ 5月13日

今晨舵房值更，驚見昨日於船上休憩的白鷺鷥，不過，一隻已先行飛離。看著白鷺鷥孤立而寢於艦首，心有不忍，為何不平躺而眠，豈不舒適？或許它還覺得人類躺著睡覺是很奇怪的，所以不同生物種類自然有不同的生活方式。

在愛情的道路上，一方毫無保留的付出，並非要另一方也平等回饋，說不定所付出的是對方不想要的，那麼就算付出一生，亦屬枉然！雙方平等的愛應是情感相互交流，相互認同彼此所付出的，唯有互相能感受到的愛才是最真實的。飛離的白鷺鷥是屬於愛或被愛的呢？

日昨我在船上賞日落，今晨破曉，我同樣在船上觀日出。大自然景物的變化直是神奇，我看了很興奮，心中舒服！何謂「雲淡風清」，我真正體會了，其實出海不全然只有苦，人生有悲歡離合，不是更有滋味嗎？

航行中看了多卷錄影帶，這些在泊港時是很難抽空觀賞的。利用下更空閒時，欣賞由梁家輝與吳倩蓮所主演的「一千零一夜」，情節浪漫，引人遐思。最令我感動的是，梁家輝為了得到吳倩蓮，竟願意放棄千金的擁有，正所謂「英雄難過美人關」！

聽說「流星是宇宙的灰塵」；聽說初見流星，合眼許願會成真；聽說看見流星會很幸運。昨夜是我打從出生以來，第一次看見流星劃過天際，心情格外舒暢，我感到相當幸運。

流星一閃而逝，就像白駒過隙般快速。本想許願早日有伴，但每次都來不及看清楚，流星就消失了，根本來不及許願。看見流星，我聯想到電視的一支廣告，男主角向女主角求婚的情景，真是浪漫！

今夜也看了幾顆流星，夜空中塗上幾抹薄霧，真是美麗極了，聽說那條白帶是銀河！流星很高很遠，我想找一個伴，陪我到山上抓流星！

■ 5月15日

弘偉對我說做人不要太客氣，否則別人會得寸進尺。這話一點都沒錯。

或許我不是當軍官的料，我也不想說我是如何地仁慈寬厚，畢竟在這時代裏，無論軍中或社會，都需要具備心黑皮厚的特質才足以生存。我是皮夠厚，然而心卻白了點。依我這樣忠厚的個性，早晚吃虧。唯一適合我生存的地方便是天真單純的學園裏了。我的理想便是當個小老師、小教授。

我找到了軍中苦悶生活中的一帖良劑，那便是友情的聯繫。航抵左營港時，西碼頭有陳邦傑，東碼頭有王柏元，水星碼頭有陳儀和龍鋒。馬公港有建毅及睿錚等好友襄助，至於蘇澳港嘛，爾後應該會有吧？

■5月19日

今晨返抵蘇澳，興奮喜悅之情大不如前。或許是因為上次已來過，所以沒什麼新鮮感吧！新兵倒是格外興奮，恰如我第一次的感覺一樣，在我眼裏，那已沒什麼稀奇了。原來時時保持高度熱情的心幾乎是不可能的，若我仍強迫自己涵養一顆單純赤子之心，豈非痛苦？

海上值更時，身為副值更官的我對值更官根本毫無幫助。因為正如電子官所說：「時而至右舷當瞭望，與小兵聊天；時而充當左舷瞭望，天花亂墜；偶而至舵房晃一晃，這樣耗了四小時，然後下更。」其實我不如從前勤勉了，很多事情記不住，很多技能學不來，真慘烈！

■ 5月30日

即將啓航，奔向未知。想起「老兵」，噩夢不斷。航行中，他是值更官，我是副值更官，常受他欺壓，心中很不是滋味！初至基隆港，已無太大憾動，或許是長期受壓迫的干係吧！不過，內心仍暗滋著一探究竟的因子。

昨夜欣夢於7月調差，不過，機率不大。記得上次休假夢的證驗後，我已明白夢境和現實是兩個世界，截然不同的兩個世界！

■ 6月4日

晨間下大雨，部隊在大飯廳集合，由我代戰情官上軍法教育的課程。自從擔任政戰官以來，已有多次在部隊面前發表演說的經驗了。雖然事前準備不充分，但我仍無懼於龐大的隊伍。

「貪污治罪條例」是今晨的課程主題。愈講愈覺言語無味，所謂「三日不讀書，便面目可憎，言語無味」，果然沒錯！我發覺每每向部隊精神講話時，老是以改革人心為主要內容，卻忽略了一些法律規定。若能兩面進行，我必會成為一位出色的演說家。多看書還是有好處的。

■ 6月12日

非常不慣軍中或社會那一套飲酒文化。有朝一日我可以獨當一面時，我必定提倡飲水文化或果汁文化，不僅省錢，且有益身心，一舉兩得，何樂而不為呢？所以當我為一家之主時，我先從家庭做起，再逐漸擴大至朋友間之應酬，生意上來往，以致整個社會國家。

將屆凌晨三時，抱著頭昏整理明日莒光日教育資料，脹脹的，好難受！

艦長在餐會表示：「我快被你給氣死！」雖不知何事，但我不在意，依然如常。不因情緒影響平常作息。

希望時間過快一點，讓我早點脫離不屬於我的生活。聽命於人的生活，我過不慣，所求的只有自在而已。

每當「老兵」那根筋不對時，便以長官身份喚我至後官廳的電視機旁，要我罰站注視著懸掛在牆上的「鵬程萬里」的四大字的牌子，並思考以後的前途。類似的情況已有多日，不過，反省的結果卻讓大鵬再也飛不起來了，甚至……唉……

■6月21日

理解力差，反應遲鈍，消極無力，思想單純，學習情緒低落……，任何一種負面情緒皆加諸於我，使我的生活陷入緊張可怕的情境中。長官眼中的無能，小雞雞，弱男，小媳婦……，我真不知該如何是好？學一樣東西慢吞吞，學很久也不會。

■ 6月23日

昨晨出海，我在艦尾甲板負責相關安全，當回報水面目標時，再度鬧了笑話。海面上有一小燈塔，我誤以為潛水艇，差點報上駕駛台（舵房）。

■ 7月1日

I haven’t kept diary for a long time, and I am in despair because my writing ability doesn’t make progress. I want to look for my confidence during my military service. Sometimes I doubt if the god takes care of me or not.

梯口值更時，衛兵漫不經心地向通過梯口的戰情官發出一句啼笑皆非的詞語：「報告」還好戰情官沒接下一句話：「進來」其實衛兵向出入梯口的長官應答聲：「敬禮～～長官好，禮畢！」才對！

■ 7月3日

出航時，大家生命融為一體，生死與共，此種感覺很妙！當本艦緩緩如牛步般平移出港時，佇立艦尾環顧面前一片氣勢磅礴的雲山奇景，心中格外舒暢！蘇澳港是個很美的地方，如詩如畫，背山面海，活像個電動沙發椅，港灣為座墊，環山為椅背，可愛極了！

■ 8月14日

艦慶被我搞的一團糟，雖然整個過程溫馨。若要怪的話，只怪我無能力去把它做好。「責任感」，我幾乎快不認識他了，艦慶後，我迅速辦完請假手續，比起平常做事還來得乾淨俐落。想法不比以前周延，靈感的來源幾乎都被雜亂的生活步調給斷絕。文才日漸頹靡，無話可說！

一直想把艦慶當日的盛況用愧然之筆，一字一語地刻印下來，誰知再也提不起勁來了。何時才會擺脫斥罵的生活？累了，無力，正如友人失戀的情況一樣，交往六年從未牽手，是單戀？是真愛？難下定論。

■ 8月16日

「平心靜氣」對一個人立身處世是很重要的。我非常了解自己，非常浮躁，太過躁進，考慮欠周詳。看看上一篇生活紀錄，心裏有所感觸，由於毛燥不定，所以寫出來的字也同樣龍飛鳳舞，潦草不齊。

■ 8月18日

「心有餘而力不足」是近來生活寫照。權力，個性，何種是我的致命傷？我想兩者皆是吧！在船上擔任政戰官一職以來，從未安穩地睡上一覺。除了大權未握外，個性太軟弱亦是主因之一。世上不如意之事太多，難以計較。灑脫之胸襟逐漸培養起來，對我而言是一項意外的收穫。

■ 8月21日

今日行駛於南台灣，海象極度惡劣，艦體搖晃不定，我也跟著四分五裂。隨著多次嘔吐的經驗，我已能漸漸體會那種生不如死的感覺，現在肚子猶如刀割般的絞痛。

打開事先準備好的塑膠袋，全身無力，胃裏翻攪的東西宣洩而出，不知有沒有吐進袋裏？嘔吐的過程中，我全身放鬆，似乎把生命交了出去，行屍走肉，只剩一具軀殼無能為力地在作掙扎，毫無自主能力，無法自作主張，沒有力量，對了，就像生病時的感覺。東西吃不下去，卻又吐出太多東西。此刻真的很痛苦，可能是急性腸炎，也可能是更慘的病痛。好氣好無力！先睡再說。

■ 8月31日

最美最真實的感受是在完全痛苦之後。在船上苦悶很久之後，只要一下

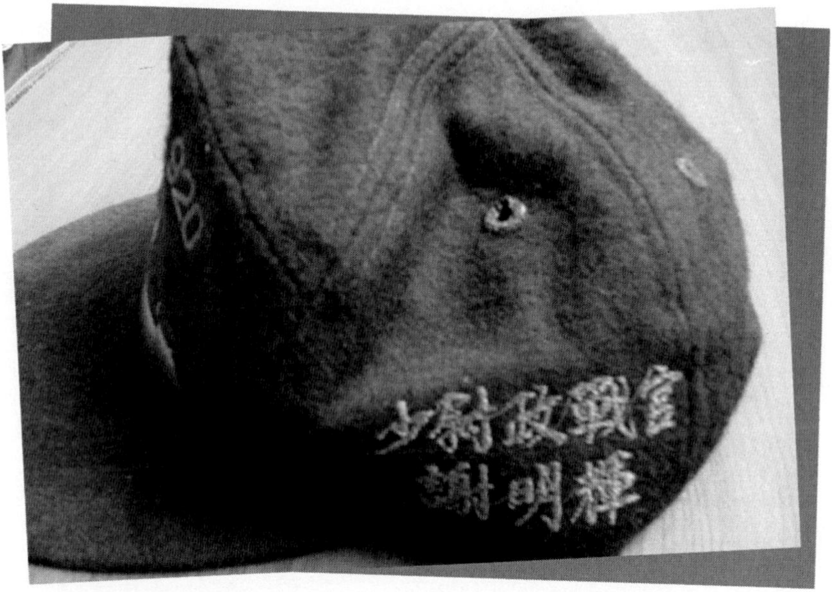

在海上執行任務時，
我必須戴上這頂航行帽值更，
前緣有少許白鹽結晶，妳看到了嗎？

梯口即感受到自在的快樂。

基隆和平島公園是個不錯的地方。放假之後，我立刻租車隨性逛狂，誰知天意安排，不知不覺中便駛至和平島公園。非常讚歎大自然神奇的力量，能將地球捏造如此鬼斧神工！那是個海蝕崖地形，是長期受風化，水流的影響而形成的。有蕈狀石，像草菇；萬人堆及豆腐石等特殊景觀，好看極了！

不知不覺中逛到了海洋大學，與我就讀的中山大學不同。外觀上海洋大學建築物是白色的，而本校則為紅色，極度不同，無法明瞭？

■ 9月21日

中秋晚會，面子十足。今年中秋對我有三項特別的意義。當晚榮幸擔任晚會主持人時，開宗明義地揭示此三項特別意義：

一、中秋月圓人團圓，與全艦同袍共度佳節。

二、直屬長官輔導長及不和的長官電子官於此時離差。

三、很不容易生日恰遇中秋夜，實在難得。（實際為9月16日）很特別，很神氣，我邀請了大學學妹撥空來旗津營區，表演熱歌勁舞之節目，共有五位學妹來艦參觀表演，掀起晚會另一波高潮。

■11月2日

心情的起伏變化很大。昨日是調差的生效之日，到底該喜或憂呢？調至花蓮直昇機大隊是始料未及之事。本以為可調至新訓中心當個小輔導長。可是天不從人願，將我流放邊疆，翻山越嶺，直到天涯。或許是「鵬程萬里」牌惹的禍吧！

幾乎每天被「老兵」罰站於「鵬程萬里」牌面前，不受它影響才怪哩！果真如此，我注定遠走高飛，翻過高山，越過峻嶺，至遙遠的花蓮反省。是好？是壞？

總算告別艦艇海上生活，心中壓力確實解放不少。只是為宏偉和旭光抱屈，兩位好友從陽字號調任中字號軍艦，一樣還是在海上生活，尤其是宏偉的海上適應狀況不良，使我感到憂心。

每人際遇不盡相同，幸與不幸間，實難定論。此時幸未必來日幸，去日不幸亦難斷定今日不幸！故「隨遇而安」則是每人應該深思的處世哲學。

在艦艇上十個月來的甘苦生活，讓我成長不少，只是學得稍慢些。下陸地後，我該好好規劃未來，將自己的最大不足「少根筋」彌補回來。

回想過去幾個月的生活，真不敢去想像過程中「生不如死」的煎磨，但結果卻有著「苦盡甘來」的快意！

第五旅站

地點：花蓮

■11月9日

提前好幾天到新任單位報到，從台南搭機前往花蓮，一切皆須靠自己智慧才順利找到目的地。

上任前的週末休假日，我去了市中心、花蓮師範學院及太魯閣國家公園。週六先到市中心買一些日常用品和收音機，週日早上到花師上「現代文學與實用英文」四堂課，內容沒有想像中的精彩，難道英文程度提昇了嗎？

午後，我走訪美麗的太魯閣國家公園。視野遼闊，提昇了心靈境界。小徑兩旁矗立著排排的杉木，其外是平坦廣袤的農田果園，更外則是雄偉壯麗的層巒疊嶂，雲霧裊繞其間，而山腳下點綴著小小村落，整個和諧的畫面，

你有想過軍艦上可搭載直昇機嗎？
此刻它們倆就快結合了，你能看到我嗎？
海軍直昇機大隊是我服務的第二單位。

令人心曠神怡，清爽極了。而我驅車閒遊其間，更有超然自得的愜意！

我應好好規劃將來，不致辜負大自然的恩寵。

■ 11月12日

感謝國父在今天誕生，造福全體國民在今日能休假一天。在上個單位，因工作壓力大，常找受訓同學訴吐心聲，因業務狀況不甚了解，而常受長官指責，又因帶兵方法不得要領，身心俱疲，因此未能善用閒暇時間，充實自己。

來到新單位，在性質與任務上，皆與上個單位迥異。有三個目標待實踐：其一為打字速度的加強，其二是英文能力的提昇，其三為本職學能的精進。短時間內，我必須熟記無蝦米打字法，以利日後政戰工作的推展。

■ 11月13日

今晨是第一次早點名，點完名後，不經意地仰望營區外的高山背脊，感覺山好瘦，好亮，好清晰，難道我的未來充滿光明？我已參透其中奧妙，識得廬山真面目。

有人認為當兵等於浪費了兩年的寶貴光陰，而我倒不敢苟同。因為在軍中愈久，我愈了解到並非想像中的單純，而是現實的殘酷，若無一技在身，實在難以生存。我是藉由多方面的人際互動以及一些事物的磨練，檢討了本身的不足，進而參悟了真理。

打字速度已漸加快，無蝦米字碼及鍵盤上手指的對應也漸熟悉，接下來便是語文能力的提昇及本職學能的精進，這些都是以往在學以成績為導向的教育所難以做到的。

總之，我感謝上天的安排，先至軍艦歷練，後至花蓮充實，修身養性，真是棒透了！

■ 11月15日

昨天我又搬了一次房間，也整理了辦公室的雜物。

運動能促進血液循環，並保持身體強健。所以我常利用黃昏時刻，邊跑步邊擁山色，真是享受極了！

這幾天為了練習無蝦米打字而苦了我的眼睛，每天至少花了十個小時以上敲彈鍵盤，挺累人的！

沒錢買交通工具，只好安份留守在營區學習東西吧，打字速度漸入佳境，真欣慰！

■ 11月19日

警方對白案在逃嫌犯陳進興的緝補行動有重大的突破。

昨夜夜色慘淡，略有寒意，陳嫌挾持南非武官一家人在台北信義路與警方頑抗對峙。

不值得的付出

1. 今日該區學校公務機關因他而停班停課。

2. 警方為他不眠不休。

3. 友邦高層軍官因他而中彈受傷。

4. 治安因他而更加惡化。

5. 一件單純綁架撕票案因他而演為國際事件。

6. 政府高層官員因他而召開緊急會議。

7. ……

8. ……

生者為他不值付出

死者為他所為不齒

試問：天下事有何公平？

■ 11月23日

收假後回到營區，沒有以前那麼痛苦了，因為這裏有自由。

晚上本來要早點睡，但心血來潮寫了一篇「陳進興事件對我的影響」的文章。自我拜讀之後，非常滿意，儼然有作家的氣勢。

文章結構是：先由報章所載學生崇拜他的想法談起，進而剖析學生們的心理脈絡，再加上自己當學生時，同儕對英雄的錯誤定義，最後則想振衰起蔽，改善社會不良風氣。

看來從教的理想是任重而道遠，我要好好努力加油才行！

■ 11月25日

我已陷入了空前的經濟危機，一味助人度難關加上自己賠上一筆大錢，使得手上吃緊，如何脫困呢？

一切得靠智慧了，目前最重要的事還是要完成近程目標充實自己，過渡時期很快就會捱過，只要咬緊牙關。

■11月27日

無心再寫日記了，或許是文筆功力降低，或許是懶惰成性，或許是熱情不再，或許是生活一片空白，或許……

很憂心啊！今天是輔仔（輔導長）的大喜日子，一直以來我就對喜宴特別熱衷，看他被整得非常興奮、開心，我也習得一些經驗。

雙方新人互以裝酒的鞋子敬對方，之後，新郎以領帶從新娘禮服放入，再穿越新娘的胸前，慢慢地，小心翼翼，不該碰的不能碰，最後則從裙子下抽出那條幸福的領帶。又以雞蛋代替領帶，再重複剛剛的動作，過程中，新郎那隻魔手，啊～呼～噓～哇～好險，沒破，蛋蛋沒破耶！

■11月29日

很煩！調至花蓮雖然壓力明顯減低，但仍無休閒一身輕的時刻。何時才能逍遙自在，至今未可知。

某位大師說「人生就像一段旅程，行李不多，負擔就輕。」回首以往，我是否太過執著，一路走來，行李與日俱增，不像浮雲一般輕。擔任副駕駛的輔仔飛至左營執行任務，他不在的一個月期間，我必須代理他的所有職務，因此責任加重，一則喜，一則憂。喜的是自我成長的機會增加，憂的是恐懼無法勝任此項工作。

今天失望，所苦心經營的文藝創作世界，竟因功力不足而喪失刊登於忠義報的機會。本月份投了兩份不同文類的稿子，卻石沈大海。顯見文筆能力有待加強，我很怕因此沈淪，如何再談任務遂行呢？學歷對我而言，只不過是一種諷刺罷了。

12月2日

今晚的烤肉活動有許多該檢討的地方。其一，承諾未落實。答應主委說，電視及康樂器材有我就搞定，結果只借了音響，加上鋒面過境而強風侵襲，導致氣氛不夠熱烈，辦得不夠漂亮。其二，不懂做人。未發邀請函給大隊部直屬長官，有點失禮。其三，不擔責任。善後工作理未協助督導。

部隊的各項活動都是由我負責，包括春節、慶生、郊遊、周四莒光日等等。

12月6日

本週計畫在打字速度上未有所精進，上次記錄是1分打15字，然而最近因突來的工作而停滯。

12月11日

本週主辦了兩個講習，自以為課程安排及設計皆差強人意，值得一提的是，我的勇氣十足，肯跨出閉澀的一小步卻成日後口才藝術發揮之一大步。輔仔不在，我仍可獨當一面，雖然政戰業務之推展上仍面臨困境，但都能以堅毅的耐心，欣然接受挑戰，循序漸進，逐步解決難題。

本月分最難搞的工作已漸漸逼近，即心戰工作講習和籌辦耶誕晚會。又是一個學習的機會囉！政戰士仕鴻不在的這個禮拜，我的學習目標是提昇打字速度，希望能達到1分30字的程度，當然其他的本分工作仍要做到。

■ 12月15日

人生無常，星相專家陳靖怡竟然被刺身亡。唉！人生得意須盡歡，雖然長得不是很優，但要活得漂亮。

■ 12月27日

經過六天的休假靡爛之後，一些原本所保有的活力逐漸失去。

今夜突然接獲通知，連夜趕出二張海報。我的能力太差，美工方面的技巧尚待加強，至少畫畫也要有一定的水準嘛。

87年1月1日

一年一度的開始，我有很多感觸與心得要訴說。

現在腦海中所想的就是元旦慶祝大會的專題報告。由我擔任報告人，題目是「戒急用忍，行穩致遠，建塑民主新猷」。處長特別囑咐我，可以偶而唸稿，若是看著稿唸的話，肯定像去年一樣，會被罵得狗血淋頭。

凡事豫則立，不豫則廢。先期的準備與付出，使我獲得隊長的讚美與口頭獎勵。因此在才能的發揮上，加強了一次的信心。

吃晚餐時，想到一個問題：「為什麼一年的第一天都有放假而最後一天沒有呢？」室友耀宗立即為我解答迷津，那是為了慶祝開國的第一天，難道有人會慶祝滅亡的一天嗎？

聽來頗有道理，但有哪個國家每年都在開國呢？我認為應是：一年的開始很重要，若是起頭的一步都走錯，那往後的日子將過得非常難過了，所謂「好的開始便是成功的一半，well begun is well done」。

或許在時間的洪流裏並無始末之分，除夕與元旦本是一體，當我們在元旦放假就等於在年末休假一樣，無須區別時間的始末。

昨夜太倒楣了，走入營舍大門時，竟然會撞及透明玻璃窗，還好沒破，否則恐怕凶多吉少了。

■ 1月4日

在花蓮休假，不知要去那邊散心，只要一休假，大部分時間都去太魯閣國家公園遊玩。

今天非常幸運，能首次乘坐遊園巴士環繞國家公園至終點站天祥。心血來潮在天祥的祥德寺抽了一支好籤，雖然天氣陰陰，但心情卻異常開朗。

內政部為了服務各地遊客解決交通不便的問題，於87年元旦起一個月試辦遊園巴士，其特色是車上有解說員且可乘坐不同班次的巴士，供遊客一飽眼福。值得一提的是，只有首批乘坐的幸運遊客才有機會獲得紀念帽乙頂喔！這是我最開心的原因。

■ 1月7日

檢視近程計劃進度，打字速度1分23字，英文能力學習緩慢，口才提昇未見改善，除此之外，尚有許多資訊要吸收，且許多工作和計劃尚待完成。

■ 1月8日

昨夜參加遠文的喜宴，內心相當歡喜，不過，也摻雜一些失落感。我何時結婚？每當參加朋友喜宴時，總異想天開，希望能認識異性朋友，結果都不如願。

宴後，與振宏長官一起去看電影「鐵達尼號」。內心有許多感觸，他看了感動落淚，並表示下次一定帶老婆去看。

這部影片主要在描寫男女間的偉大愛情故事，不管遭遇多大的天災人禍，雙方都會憑藉互相信任，同舟共濟的同心力量以克服種種困難。「你跳，我就跳」「閉上眼睛，如果你信任我的話」這是男女主角之間生死與共的山盟海誓。

他們來自不同的家庭背景，富家女和貧窮畫家，相遇在世界最大的商船鐵達尼號上，迸發出偉大的火花。一個是上流社會，不知民間疾苦的高貴女孩，一個是歷經滄桑，下層階級的畫家。結局是男主角凍死於冰河之中，而女主角為他而存活下來。

這一段淒美浪漫使我聯想起在大學時在社團裏所玩過的一個遊戲。男女雙方牽手散步公園，女方閉眼，男方導引，攜手並進，隨時可能跌倒，隨時可能張眼，考驗著雙方的信任度。

片中有段畫面便強調了愛情間的互相信任。男方牽女方的手，站在船頭的欄杆上，然後請女方張眼享受乘風破浪的渾然忘我的feeling。太感動了，尤其在船難發生後，女方在搭乘小艇逃生之際，又從艇上跳回即將沈沒的商船上，只為了與他共死生。

當整艘船逐漸沈沒的過程中，整個畫面是相當的壯觀，加上聲光效果的相輔相成，澎湃激昂的情緒，至今尚未平復！

■ 1月9日

輔導官兵的心理狀況也是我的工作項目之一。小兵李任逢今晚給我上了一個小時的生命課程。

我相當同情他的遭遇。他是個早產兒，從小到大被同學欺負，忍氣吞聲，莫可奈何。因此塑造其反社會的性格，對週遭朋友不信任，不善與人交際。雖然他只唸到小學，不過，在廚藝方面的表現優良。

目前為止，在營區內已參加過兩個有關消防安全及安全防護的講習，專業人士講解，果然不同凡響。舉例證，找數據，非常重要。希望以後當老師能像他們一樣，講課幽默，輕鬆，與學生產生互動。

■ 1月11日

今午與士官世龍出去看電影，片名是「魔鬼代言人」。它是一部剖析人性的好電影。片中描述一位只求名利權勢的律師，每當在法庭執行辯護時，一心只顧打贏官司，卻不顧職業道德及人性的善良。最後在虛榮與愛的爭戰中，他有如南柯一夢般的覺醒，雖然輸了官司，但輸得坦然，漂亮。

真正的富有並非外在物慾的滿足，而在充足的內心，因此享譽盛名的律師一直不快樂，因為他失去了人性中永恆的愛，所以才表面充實而內心貧乏。

最近兩部電影，感受很深，內心滿足即快樂。

■ 1月15日

每週四的莒光日活動是我的工作內容之一。上莒光日時，隊長當眾讚美我，有點受寵若驚，我那有那麼博學多聞呢？還真愧不敢當。

無形中壓力又變大了，不得不把以前所唸的關於中國文學書籍的內容再復習一番，吸收其精華，整理一套屬於自己的思想來。

隊長在課後補充中，說了很多關於我對四書的所學心得，或許是他太高估我了，或許是隊長容易誇人吧！我發覺隊長對中國文化頗有見地，尤其是儒家思想，譬如莒光園地的「四書天地」單元中，有段話是「敬人者，人恆敬之，愛人者，人恆愛之」隊長便花了很長的時間來闡釋本章之章句內涵，更把四書的可讀性介紹給大家，希望它做為人人修身的最佳範本。

■ 1月20日

除了例行性公事外，本月的重點項目則是春節活動的準備事宜。一些相

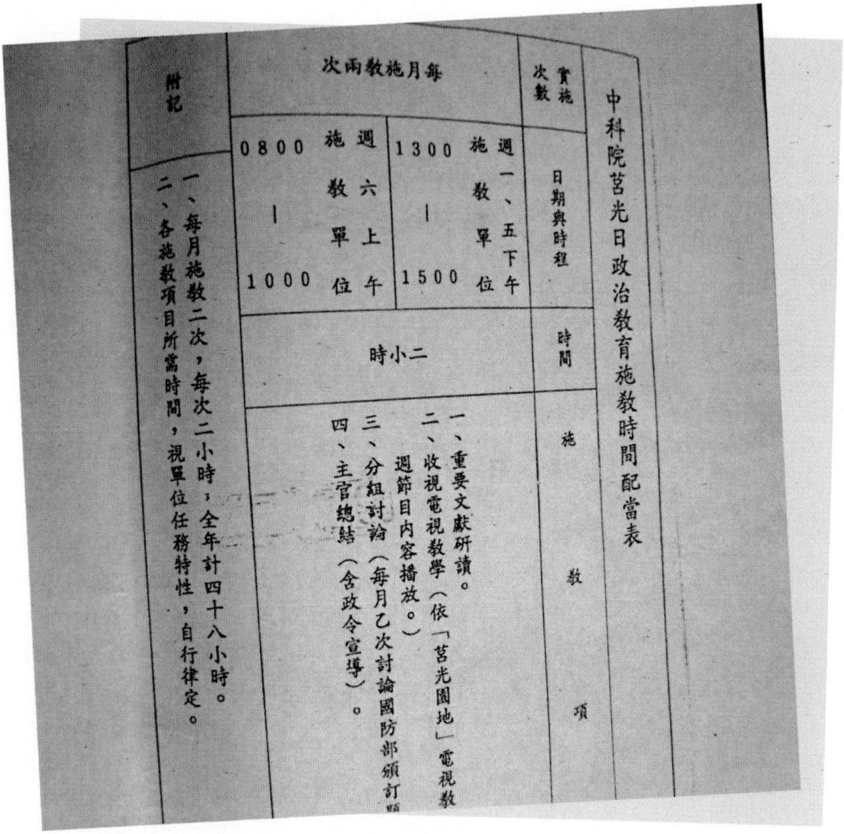

中科院莒光日政治教育施教時間配當表

實施次數	每月施教兩次	
日期與時程	週一、五下午 施教單位 1300—1500	週六上午 施教單位 0800—1000
時間	二小時	
施教項目	一、重要文獻研讀。 二、收視電視教學（依「莒光園地」電視教 週節目內容播放。） 三、分組討論（每月乙次討論國防部頒訂題 四、主官總結（含政令宣導）。	
附記	一、每月施教二次，每次二小時，全年計四十八小時。 二、各施教項目所需時間，視單位任務特性，自行律定。	

每週四莒光日及週二的莒光夜的例行活動中，
我是主要的計畫執行者。
每次的台上講課，皆讓我過足了癮！

關雜事很難盡說。簽呈核可後，我和飛行官洪志和一同去買摸彩禮品，想辦得漂亮，可得費一些心思才行，如禮品幾份？如何發？怎麼收錢？怎麼分才公平？節目如何進行？主持人找誰？預估支出經費？……

■ 2月6日

輕扣杯緣，晶瑩裏，有著一段深刻的心情，承續了所有關於人世的心情。

最近喜愛與人談論日常生活瑣事，如電影、音樂、內心感受等話題。尤其是電影有它的主題性，我很注意其對人生或個人本身想法的影響，像「烈火戰將」談的是毒氣污染的環保問題；「honey, we shrunk ourselves」則是提醒我們關心感受生活週遭的人事物；而「contact」印證人因夢想而偉大，有夢想的科學家將不可能化為可能，更說明鍥而不舍的堅持精神。

還有，「浮出水面」告訴我們人與人之間不要存有過多的猜忌，因為人之間的認識不是從懷疑開始的。……

■ 2月17日

為了對自己表示負責任的態度，凡是攜回家中的書或日記，一定要按計劃進行。雖然效果不佳。

華航墜機事件的省思

昨夜獲悉華航空難事件之後，深感極度哀痛和遺憾。同樣是碰撞事件，有些倖免於難，有些則奔赴黃泉。央行總裁許遠東及高層經濟主管亦在此一空難事件中喪生。誰會想到，大人物竟也會死於非命，難道無人能推算他們會搭上死亡班機嗎？

人生無常，未來不可知，唯有把握眼前每一樣真實的東西，才是對人生應有的態度。今午我亦將搭機反營收假，誰都不知會發生什麼事，我更不想多作無謂的恐慌，反正生死有命，富貴在天，保持平常心，做該作的事，就能對得起自己。

人的生命是如此脆弱，說走就走，不留給人們心理準備的機會。因應之道即是在平時做些有意義的事，把握想做的事。無法控制的，就隨他自然，正所謂「盡人事，聽天命」也！

■ 2月23日

連日來，陰雨霏霏，心情略顯沈悶。

週六下午因加班製作生日賀卡，而延誤用餐時機，因地勤餐廳已收，遂前往空勤餐廳進食。狼狽的是，進入餐廳後，我苦笑因應作戰官的告誡：「是誰准你來吃飯的，小心有人會講話！」

直昇機大隊單位用餐地點分為兩種，一是地勤餐廳，一是空勤餐廳。依規定，在直昇機上執行任務，才可到空勤餐廳，當然這間的伙食較好。

週五下班後，隊長召集隊員實施長跑測驗，跑完全程泰半為資深長官。

我獨自跑完全程，只是落後隊長太遠，本想一口氣衝刺超越他，讓他知道我有在跑，但是尚未如願，他便折返了。

今天的山像肉粽加棉花，很美，百看不厭！

■3月3日

今夜風士官長雲龍要我幫他作一幅以勤儉為句首的對聯。我嘔心瀝血完成對聯如後：

勤因成業藏胸寶
儉以養廉數家珍

作完後，果然無愧於中文人的本職學能。

早上士官裕名又要我幫忙撰寫以「明清小說」為題的研究報告，迫於人情，我竟答應了。

■ 3月12日

若再不嚴格起來，紀律必會渙散，任務亦難達成。有紀律才有效率，以前我就說過，我的缺點就是太過仁慈，以致管理上相當費力。目前我遇到問題了。我發覺政戰士太混了，抱持很過且過的心態。

我該堅持公平原則，該是要求他盡好本分的時刻了，即使感情不深厚，也須讓他了解遵守本份的必要性，因為他往後會踏入社會，一樣會遇到工作煩心的問題。

■ 3月18日

我與飛行官耀宗一同租影帶，難掩羞澀之情的我，仍無法放開胸懷與女店員說笑。

返營後，獲悉國華航空發生墜海事件之後，內心波動不已。猶記上週六於花蓮機場巧遇大隊長，並接受其對我的開示。大隊長表示，近來飛安事故不斷發生，有時就連萬事都準備完善了，還是會發生意外，因此保持豁達，順其自然是很重要的觀念。我牢記在心，因為和我的想法不謀而合，可謂心有戚戚焉！

■3月22日

士兵君達在我房間溝通一個存錢的觀念，因而衍生許多關於享受的一些問題。他表示，我一味存錢卻不懂把握人生階段性的適當享受，譬如衣著方面，我應培養對衣飾的品味，在時間的運用上，應多出外見識，像唱歌、喝酒啦，做些特別的娛樂，落實「年輕不留白」的人生政策。

不過，我仍抱持先苦後樂的人生觀點，按部就班地完成我的生涯規劃，至於物慾的追求上，我平淡如水！外境不影響心境，順己意，才能自得其樂。當然囉，享受是以後的事！

晚上到偵潛官治國寢室喝酒，飛行官文彥也在場。我們談關於愛情的問題。我問文彥：「從我的面相上看，有沒有桃花運？」他憑著第六感回答說：「你沒有桃花運，而且需靠努力才能覓得好姻緣。」接著詢問：「我的氣色如何？」他不假思索答曰：「氣色相當好！」難道是我酒喝得臉紅滾滾？還是他醉了？

3月25日

下午奉命帶下士阿瑞至805醫院精神科就診。醫師表示，只是偶而失神，吃個藥，沒什麼大礙。醫官的轉診單上所註明的疑似病例是「精神官能症」。會診後，在往七星潭的路上，車子前輪突然不動，上瑞視之為靈異現象，我也受其影響。

到了七星潭，左望煙山，前眺大海。海岸景觀則為一大片的小石頭，就像大地上長滿了粒粒的青春痘。在墾丁或黃金海岸，其景觀是一片平坦的沙灘，如光滑細緻的臉龐。

■ 3月26日

在莒光日的下午活動中，我通常會安排「影片觀賞」單元，讓官兵壓力適時獲得解放。所以昨夜冒雨租了「空軍一號」的錄影帶。

該片主要描述熱愛祖國卻又不顧人性道義的恐怖份子，為了搭救受困在俄國牢籠內的精神領袖，竟在飛行中的總統專機上挾持人質，威脅美國釋放其領袖，以遂行恐怖份子推翻民主自由的偉大理想。

印象深刻的一句對話：「給老鼠一塊餅乾」，「可是它要牛奶」。這是一段總統與副總統間的對話，但未建立當事人的「需求」上。

■3月27日

今天特別勤奮，凌晨5時半起床，準備出差前往蘇澳參加忠義報通訊員講習。由輔仔海翔開車，我在前座，後座有明毅峻豪及劉潛等三位戰士。一行五人，由花蓮北上到蘇澳，展開散心之旅。

沿途風光美麗極了，我們穿梭在蜿蜒的山腰上，經歷前所未有的九彎十八拐，在每處轉折點上，有不同的美景呈現，嵐氣在綠油的山壁間飄盪，偶有飛鳥悠閒嬉鬧於遼闊的藍天碧海之中，造物者的恩賜令我讚嘆不已！

一路上，左為山壁右為海，伴隨著笑聲，車子有如行駛在時光隧道一般，大家感覺輕鬆又無壓力，忘機地漸入睽違已久的蘇澳港。

講習帶給我很大具體的收穫，就是每個學員皆分別收到一份精美的鋼筆，市價約好幾百元，可謂不虛此行！

蘇澳之行，我見到輝龍及聖輝這兩位在政戰學校一起受訓的同學，我的神情顯得非常興奮。「敘舊無限好，只是近離別。」我們都有公務在身，一段間話家常後，只好各自回到工作崗位上效命。我們互相期許：「他日若有緣，再剪西窗燭。」

昨夜我發明了一句話：「花在最燦爛的時候，就是要邁入凋萎的時刻。」室友偵潛官耀宗自認有哲理。

我常常有此體認，今早很開心，或遇故知，或賞美景，或接受禮物，或聆聽課程，這麼多的快樂能量，卻難逃「物極必反」的自然規律，而漸生痛苦之情。

或許是責任感的表現吧，讓我有極大的壓力，如同軍中的公僕一樣，背後有廣大的民意支持，在如此強大的壓力下，我不得不發揮人類的極限潛能，向女生開口談聯誼。

每次莒光夜，總會受到他們的質詢，守時與守信給我極大的壓力，讓我失眠厭食，坐立不安。

此時此刻，先為未知的聯誼祈禱成功，並期待不久之後，聯誼的難忘回憶能嵌入我的日記裏，感恩！

■ 3月28日

獨坐七星潭

雲就像一位偉大的魔術師
它把山變不見
又把山變出來
把我的眼睛變模糊
更把我的心變糊塗
當魔術師降下一塊黑布
這場表演就該結束

這是我第一次以童詩的方式記錄我對大自然的詠嘆！最近忙著洽談聯誼事宜而忽略心靈的真正感受。午覺後，本來計劃前往太魯閣公園再續前緣，不料途中卻下起雨來，因此改變初衷，駛往七星潭散心。待了兩個多小時，直到詩句中的魔術師降下黑布，我才黯然離開。

可能是我的錯覺吧？其間，我看到四位長得不算差的女生在海濤聲中追逐嬉戲著，其中一位最漂亮，身材棒，最懂得欣賞我，不時偷瞄著我，我雖怒放，卻無心花？

最興奮的是，有一位好可愛的女生找我幫忙拍她跟男朋友的合照，我好失望，如果我能找到那樣的女朋友，不知多好！

有時善用五官才能真正感受大自然，達到天人合一的境界。眼睛看山看海，耳朵聽濤聽雨，鼻子嗅土嗅花香，用手觸石觸沙，用心想愛想人生。尤其是閉眼仔細聆聽海浪沖石，互相撞擊的碎石聲，真是好聽極了！

有太多美麗的事物，靠我們用心去發覺，正所謂「萬物靜觀皆自得」。

■ 3月30日

下午飛安會議中，大隊長問台下有沒有唸中文系的，我不敢起立，因為我沒有把握回答鈞長所提出的「他山之石，可以攻錯」的真正內涵。

■ 4月1日

在任提室上莒光夜時，講課前就被小兵里彬質詢關於聯誼的後續事宜。我無話可答，只簡單說明未成功更未失敗。為了再次加重我的地位，我為他們解釋「他山之石，可以攻錯」的內涵。

我先以中國造字原則的角度，分析「攻」「錯」二字的意義。「攻」字屬形聲字，其義由右偏旁「攵」即可得知用「手」來敲擊東西。「錯」字亦屬形聲字，其義可由左偏旁「金」字得知，即以金屬為材質的磨刀石。

整句話是說，從別處的山林裏尋找更堅潤的玉石，來琢磨貧鈍的刀劍，使之變得更銳利。內涵則指借他人之經驗教訓以做為本身行事之準則。

談了那麼多，他們依然把話題轉入聯誼活動。我只好巧妙地把聯誼結果套入上述成語中。造了「他校之女，可以？？」的句子，引其進入無法自拔的情淵中！問了大漢工專未果，便轉而洽談花商。只是如今，未有答案。

■ 4月2日

很開心尋獲2月25日刊載於忠義報上的一篇親自撰寫的「智慧的魅力」讀後感的文章。這是政戰士仕鴻告訴我的，我便用心翻報，終於尋到我的名。

■ 4月4日

晚上與偵潛官治國一起到「祝福」花蓮辦公室聆聽以「神秘的家系」為主題的講演，稍有所穫。

黃主任講師於課中表示，日本一位學者研究出祖先的作為會影響後代子孫的命運，提出所謂的縱橫法則。在一個有三位兄弟的家庭中，大兒子的人生內涵受曾祖父影響，二兒子受祖父，而三兒子則受父親的影響。依子孫的倫理層級，自關係最密的父親為基點，以同一代的子孫數目向上追溯至祖先層級。而祖先層級之遠近依序操控著家庭內子孫之排行大小的命運。若以樹狀圖說明則為：

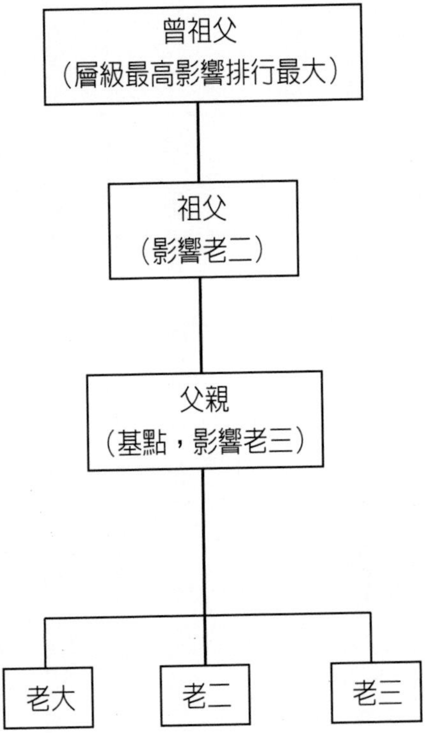

■4月5日

我與偵潛官耀宗到白楊步道欣賞瀑布景觀。剛進入白楊步道時，會先通過一條很長很黑的隧道。置身其中，猶如進入時空隧道一樣，享受著時空冒險之旅。

出了洞口，稍有逸致者，可至橋下溪邊撿石戲水，富有童真者，更可感覺落葉隨風繽紛的夢幻之境，極有詩意。途中，偶一抬頭，會發現雲浪變化，或龍，或虎，詭譎萬千，嘆為觀止！尤其是當你看到各種植物在岩縫中茁壯成長，你會更加讚嘆其生命不屈的韌性。

到了觀景平台，仰視山間兩道飛瀑，各自展現不同氣勢，通過另一隧道後，別有洞天，我們來到特殊風貌的水濂洞。洞中，腳下為水路，頭上為泉水，水由岩縫中滲下，滴滴如雨水，特別的景色，令人難忘。

峽谷像一首詩，而吊橋、瀑布、涼亭、隧道、雲霧、山景、溪流為其意象，替大自然譜出和諧的圓舞曲。

之後，黃昏雨中趕路，抵達布洛灣，關懷了原住民的生活文化。再至市區買衣服。

4月10日

在運動方面，我有很大的進步。受了深具運動細胞的飛行官敏聰的指導，我在羽球技術上有更扎實的基礎。

以菜刀式握法，對準來球右上方之落點後，頓點回擊。回擊時，利用腰力及腕力順勢擊回，如此可發揮強而有力的效果，既省力又能樂在其中。

4月11日

夜漸深了，她與我相約在大漢工專門口，各自做該做的事。我還了她三卷錄影帶之後，她給我一個晴天霹靂的最後解答。因為你們人太多，她們人太少。因此聯誼正如大家所預期的胎死腹中。

不過，她表示她們三姊妹願意與我們聯誼烤肉，只要我開口約她們。

■ 4月14日

我想聯誼活動男女歡愉的情景已漸漸浮現。

■ 4月17日

聯誼之日已漸逼近了。

■ 4月18日

上蒼總會捉弄人，一場龐大的聯誼活動眼看就要揭開序幕了。但我卻要在同時間休假返家。

上天給我一個愛情與親情的抉擇，我不刻意選擇，一切交給上天安排。

■ 4月20日

聯誼活動終於在大家的抱怨聲中圓滿成功。雖然玩得開心卻有些遺憾。其實辦活動，並非很難，只要事先規劃協調，再分辦各項任務，則熱絡氣氛必定圓滿營造。

烤肉活動結束後，我的所謂的朋友已先行離去，我們一行人意猶未盡，飆至御花園KTV唱歌。糗的是，我被湘雲灌酒灌到傾瀉而吐。不過，來自不同因緣的朋友能在一個特別的時空中相聚，實屬不易。所以我相當珍惜開心。

第一場聯誼試辦成功後，接著在今夜續辦第二場更大排場的活動。會中我扮演決策的角色，一一對在座人員指示各項分派任務，使各位都能明瞭各自的工作，充分運用組織的力量。

一整天下著綿綿細雨，營外的山景在雲的襯托下，顯得更美麗。尤其是黃昏彩虹乍現的情景，令人感動。雲、山、陽光，這三兄弟各盡所能，把整個景象妝點地十分夢幻，令人陶醉！

■4月21日

戰士阿誠和阿毅的問題逐漸在我的細心指導下，已有轉危為安的趨勢了。我問阿誠一個將心比心的問題：「如果你是政戰官，而我是你的話，你應如何解決我們兩個的問題？」他避重就輕地回答：「我不了解阿毅，又怎麼去解決這個問題？」我試圖以角色對換的方式，讓他能自己解決自己的問題，結果失敗了。

他要求我幫他轉交一份禮物給阿毅，被我婉拒了，因為他待人的特別，實在令人不知所措。

我在解決紛端時，不喜慢條細理，詢問細節，只想大刀闊斧，一針見血。因此關於他們的「破胎」事件，我只想問嫌疑人阿誠：「到底是不是你做的？」

三言兩語已不足形容我對他們的無奈了，我想時間自會為他們解開似情非愛的謎團吧！

下午問題部屬阿瑞又帶來許多問題。真不想帶他去醫院看病，但是困於仁慈為懷，不得不在最脆弱時，拉人一把。唉，不是我失去耐心，而是不知如何幫他？

看完精神科，又吵著去看骨科，整個生活狀態及心情喜悲，都受他的無理取鬧而干擾。我不喜說太多道理，只給他一些建議：「從生活改善起」。其一，生活作息正常。其二，抽煙習慣減少。其三，遵守營規。如此三項簡單工作，應不算太難吧？

■ 5月3日

連假日都要加班，不得安寧。不過，我仍樂在其中。邊聽流行歌曲，邊打電腦，是件享受的事，尤其在掰一些文字時，絞盡腦汁後的成就感，更是雀躍不已！

■ 5月10日

在七星潭有新奇的感受。「閉目戲水聽石韻，恰似麻將洗牌聲」。試著將這一詩句演出來吧！

■ 5月12日

遵守保密規定，不得於私人日記或來往信中談及軍中相關事件。若不遵守，我無所畏懼可寫很多，但基於身分特殊，因此作罷。

■ 5月19日

一整天的的心情如同連綿不絕的雨，鬱悶難平。從早上處理逃亡事件開始，內心就非常戒慎恐懼。

經保哥的指導，原來尋人主要關鍵需從錢下手。應敬會行政部門後，請求協助調閱逃兵之郵局存簿提款記錄，以利偵察方向。其次，針對小兵國文逃亡事件，我竟忽略了奶媽這條寶貴線索，豈能相信口頭之言呢？

下午再度扮演出使的任務，前往花防部軍法組洽詢「呈請法辦」的相關程序。順道詢問法律常識，確定法律中的罪與罰，關於緩刑，我有初步概念。

軍事機關分三部分：軍法官，檢察官，書記官。其三者的角色定位已有些許了解。

有所得，有所失，下午不去打靶見識，但心無所愧。執行任務獲知識，又是失中之得。

幾天來，一直感到問題不斷產生，也不斷解決，真佩服自己，事情終究圓滿解決，從中學了很多，也獲得成就感。

■ 5月21日

人生中，有問題，有解決，似乎是這兩個元素在循環。今夜的空勤餐會及交接餐會，除了主委和克東兩人外，幾乎是我一手包辦的。

撰擬程序，撰寫蕭副大感謝詞，禮品包裝，會場佈置，司儀等工作皆受長官好評，因此受肯定的感覺很開心。

這幾天真的好累，工作一手扛，過程中，我有更新的體認。一位再優秀的人，若無他人協助，仍無法成就事業。政戰業務幾乎都熟悉了，但若無政戰士之協助，恐怕會累得像條狗！

■ 5月22日

工作一整天，身心俱疲。晚上與下士翔仁一同去看電影「鐵面人」。劇情描述法國路易十四專制獨裁，不顧人民死活，致生靈塗炭，民生凋敝，引發民怨，最後由雙胞胎的兄弟鐵面人崛起，推翻了暴政，進而取而代之。

更深一層的分析來看，它印證孟子所云：「民為貴，君為輕」的政治思想及「one for all, all for one」的大愛思想。它亦告訴我們，對朋友以義，對國君以忠，對兄弟父母以情。

■ 5月26日

「將心比心」的思考方式有助於滋潤改善雙方的關係。今夜我留政戰士加班，而獨自前往參加某長官的喜宴。表面上看來，似乎不通人情，但我的身不由己又有誰能體會呢？

保防官要我今夜一定要趕出「安全考核名冊」，而我與政戰士勢必要一留一去，試問若你為政戰官，應如何處置？我的想法是：

1.新郎親送喜帖給我，且輔仔要我代他送禮金過去。

2.政戰士比較了解這份工作，做起來比較有效率，對我而言，也算是善用人才。

3.諸位長官吩咐我一定要去，而我已答應了，不可爽約。

再說，近來的重大任務，幾乎由我一手承辦，除考核人員名冊外，舉凡慶生餐會的感謝詞撰寫，程序，禮品包裝，會場佈置，生日卡製作及榮團會整個過程，問題人員事件的經過報告，保齡球比賽事宜……。

■5月28日

整天下著前所未有的大雨，伴隨而來的是一連串新奇的經驗。奉隊長指示，下午召開聯誼提示會。過程中，受隊長肯定與讚許，此次聯誼是一場漂亮的出擊。

從先前的協調溝通，策劃準備到執行辦理，其實想厚臉皮表示是自己一手包辦。

■6月2日

晚上加班，在辦公室大膽揮毫起來，雖久未拿毛筆寫書法，但還滿順手的，只是差強人意。抱持學習的心態來面對所有事情心情會莫名爽了起來，例如書法多寫多精進，多辦活動多經驗，多與人群接觸，多……

6月7日

大早起床，只為了責任感。在向諸位同志叮嚀此次的義工之旅，須秉持服務的精神照顧需要幫助的人後，隨即便搭由「鐘樓關愛協會」所派遣的車輛前往舊火車廣場。

這是一場由脊髓損傷協會主辦而由鐘樓中心協辦的園遊會義賣活動，希望將所募集的金額以建造收容所之用。

由我的帶領下，各位同志都玩得相當開心，也替隊上爭取榮譽。當中我學習了與人溝通必須心平氣和，才能解決問題。有位弟兄背心亂放，遭民眾冒穿，而中心秘書向其追討背心時，他的表情極度不悅。此時由我出面排解紛端，背心順利取回。解決問題的關鍵在於我心平氣和。

約莫四點多，遊覽車才載我們回營區，可是餐廳早已收光了，因此鐘媽媽熱情請商家送雞腿飯到營區門口，溫暖了我們的胃。

那時聽她說要送雞腿飯，我還以為鐘媽媽是開玩笑的，而且也不想麻煩她，但她仍答應要照顧我們肚子，我相當感動！因此助人那有麻煩之理呢？

■ 6月9日

莒光夜是我練習講課的時間，目前膽量已練足，只差學識再充實。

■ 6月11日

泳技的缺失已改進，使我對自己更有信心。第一次的游泳測驗，上氣不接下氣，胸口的壓力好大，有種死生一線的真實感受，因此考不及格。第二次代測泳技，我替自己討回公道，並且找出上次的缺失，真心觀照自身的飄浮過程。

原來生性怕水的我，在調息換氣時，因怕身體下沉，所以總是猛一抬頭而在水上拼命吸氣，以致在一吸一進間，不夠自然，全身太過僵硬。改進的方法則是，配合手勢，吸氣時自然抬頭，不求快，只求自然即可。

■ 6月17日

昨天的莒光夜，破例為學員分析姓名學。由某位同志提供一位女性名字後，再進行分析，經求證後，他給我的分數是55分，一半以上正確。

下午送廚兵到禁閉室時，看著班長訓練國文的樣子，令我聯想起幾年前的成功嶺及不久前的新訓中心，班長總是以嚴厲的態度及非人性的管理教育我們。那時的生活簡直不堪回首啊！而國文的禁閉室之旅恐怕是凶多吉少了。不過，我還是希望他能咬緊牙根，通過此次考驗！

■ 6月20日

午睡後，不知何去，想起運動與健康的密切關係。臨時起意，再度獨自一人驅車前往游泳池。連續三天來的水性接觸，我的泳技恢復神速。

晚餐後，再次練習書法。

■ 6月21日

早上至文化中心欣賞漫畫書法展。整幅作品看起來就相當有氣勢，可謂入木三分。各種書體都有特色，起筆及收尾皆蘊藏著作者的自由性情。

無論是蠶頭雁尾的隸書，修長纖細的篆體，工整有序的楷書，收放自如的草書，以及物我合一的自創書體，都堪稱神來之筆！

■ 6月24日

早上去接禁閉室的國文，看他看我的眼神充滿了對民族救星的渴望，但由於我未帶提領單，反而使他心情跌落谷底。

下午再度前往，國文總算鬆了口氣，終於可獲自由，不再回到這可怕的地方了！看著牆上的白板寫著禁閉事由，我不由感嘆，像與長官爭吵，欺瞞長官啦……等等看似小事，可是對於軍紀與榮譽來看卻是大事！反觀本隊，有些身在福中不知福的小兵，卻只知享受權利而不知盡義務。

今晚擔心的事終於發生了。在肚子漲漲的情況下，買了一碗魯肉飯，準備宵夜時吃。等到要享用那碗好吃的魯肉飯時，我祈禱著，希望翔仁不要包雞排給我，也希望室友不要買好料的給請我。結果……不如己意，十常八九，該發生的都自然發生了。

■ 7月1日

一枝新筆，一本新日記，一種新感受。即將邁入第六本日記的心情是相當喜悅的！算算也六天沒動筆寫日記了，雖然有過放棄的念頭，但仍敵不過本身對原則的執著。

■ 7月17日

昨天下午的烤肉活動終於圓滿成功，對於我的辦活動經驗值又提昇了，其實我的能力還算不錯的。

活動中，我利用機會與技協（外國人）練習英文會話，這也有助於我對英語能力的精進。尤其是學了一些單字，也復習糾正一些錯誤，更提昇了聽力，哇！充實了自我。

所以學習一定要主動，把握機會才對呀！

■ 7月19日

今早與士官翔仁，宏銘及其弟等四人至三棧溪創造童年記憶。不同上次的三棧橋下的烤肉活動，這次是溯溪而上，直到上游，人跡罕至的清淨地，我們在那野餐和游泳。

上身赤裸，僅穿內褲及蛙鏡下水，順著水流的推力，我觀賞著水底世界，所見的是一些小魚在水中快樂地游著，如我一般，水很清澈，很冰涼，好舒服！

岸邊有蝴蝶飛舞著，烏鴉飛翔著，不知名的動物嘻叫著，好一幅悠閒自在的物人和諧畫面，令人難忘！

本打算今晚在文山洗溫泉看星星，結果因太累而作罷。

8月8日

我確實是失敗的管理者，一位太過仁慈而被騎到頭上的管理者。一向以公平原則來帶兵，我不能因他是政戰士而對他有特別待遇因而違反規定。

就拿這次的出差為例好了，星期一讓他出差蘇澳，他卻想提前於星期六就走，不想經過正當請假手續，我若放他走，形同藐視軍紀營規。並對其他戰士有所不公平，因此我決定可以讓他先走但要經過正當程序。

令人痛心的是，他認為我在刁難他，並要仔細觀察我的動態，我一出去，便想報復。

■8月9日

昨天中午又發現錢錢不翼而飛，雖然起初無動於衷，但越想越氣，為何辛苦賺來的血汗錢要拿去養小偷！還倒不如養個女人來得划算呀！

下午與偵潛官阿國去看電影「世界末日」。這部片相當感人，賺人熱淚。其間，我竟數度落淚，哽咽無法言語。

片中描述在即將面臨世界末日的人類是如何發揮各種情感的連繫，包括父女之情，男女之情及團隊之情，兼論危機即轉機中一念之差，關鍵在於心存希望，永不放棄。

一位鑽井大亨號召各鑽井人才組成太空飛行隊，分乘自由號與獨立號兩艘太空梭，前往即將撞毀地球的殞石上降落。企圖將核彈引爆在鑽深八百呎的深洞內，最後由布魯斯威利犧牲生命拯救了全球人類的義行，堪為後世典範。

其間摻雜了他與女婿及女兒間的情感糾葛，最為感人，我數度感動，數度落淚。

8月11日

晚點名後，問上士裕民：「星星好多！」他回答：「有何暗示？」我妙答曰：「煩惱同星多，我倆距離如星遙！」

8月16日

瘋了一夜沒睡，創造了許多第一次，也累積了快樂。第一次去九弘山莊泡茶看夜景；第一次在七星潭談心到天明；第一次在A棟頂樓烤肉賞星。

與心怡那一票女孩到九弘山莊看夜景，感覺很浪漫，我們談電影「七月七日晴」，談黃色笑話，講鬼故事，及卜卦算命，整夜下來，輕鬆又快活！

說起阿國還真算膽小，當鬼故事進行過程中，忽有一葉飄落茶几上，竟然把他嚇得心臟快跳出來。好笑的是，他驚嚇的動作竟嚇醒正在一旁熟睡的狗！

話鋒一轉，阿國竟把我卜卦的專長告訴她們，害我又得忙上好一段時間。不過，卜卦結果大都符合她們所問的東西，肯定了我的專長，使我相當有成就感。

凌晨三時，只剩四人驅車到七星潭，然後……請別亂想～～

■ 8月19日

昨夜莒光夜，我再度像老師一樣在台上講課給學員們聽。勇氣鍛鍊已足夠，只不過，在內容上，應再活潑生動，若能如此，日後當個稱職的教授則是探囊取物！我對自己是越來越有信心了，但是仍要多唸書充實自己才行。

■ 8月24日

昨天下午至松柏育樂中心試聽「生肖姓名學」的課程，收穫頗豐。

生肖姓名學的推演方式與傳統的筆劃計算方法可謂大相逕庭。它是運用干支之間互動生剋，對照出生時間的生肖所感應出的一種算命演繹，頗堪玩味再三。由天干地支所反映出的陰陽五行的生剋作用，再以姓名字形的對比來測算個人的命運，此種理論對於行之數載的筆劃姓名學來說，確實是一項突破。

聽了三小時就好像吃一克紅鼻豬排一樣，津津有味，樂在其中！我有個重大的發現，不管是以筆劃、字形、天干、地支，都是要化為陰陽五行再看其生剋，再推算其命運。

■ 9月1日

昨天夜裏，下著小雨，應偵潛官利偉之邀，前往其寢室泡茶算命，分析結果，據他表示，大半準確。在旁的另一偵潛官中才也要我為他算一算，結果倒是滿準的，二次的經驗使我對姓名學的分析能力更有信心。

■ 9月20日

第一次有人這麼熱烈地幫我慶生，使我感到相當溫馨。在空勤餐廳，幾個小兵和幾位飛行官一起幫我慶生，喝了滿多酒的，雖然差點出糗，把吃下的東西全吐出來。

或許是不懂社會人際禮儀吧，我不在乎別人對敬酒的想法，只在乎人與人之間的誠信和尊重。依慣例，屆退人員在離營前刻，都會被同袍丟到水池以表慶祝之意，而我是以特別的名義而被慶祝，那就是，我被阿魯巴了～～～

■ 10月3日

上班時，作戰官要我想一首應中秋節的詩句，我不假思索做了六言詩：

秋意涼上心頭，佳節月圓思親，
伊人在天一方，餅香再傳溫情。

雖有成就感，但仍需更加努力學習，精益求精才行。

■10月4日

中央氣象局發佈北部及東半部豪雨特報，想必今年的秋節一定過得不浪漫，因為月亮都不出來作伴，中秋節又有何意義呢？

前幾天自告奮勇親撰一篇以「凝聚共識，開創光明前程」為題的講稿，再次整合我的思緒，訓練我組織及作文的能力，感覺已有豁然開朗，日有精進。這兩天應該好好練習，憑藉一點運氣，希望能為隊上爭取榮譽，並且肯定自我，推向高峰。

■10月5日

昨夜的中秋夜雖有豪雨掃興，但在營區裏與弟兄們烤肉飲酒作樂，渡過了相當溫馨且難忘的佳節。

聚會時一定有酒出現，而酒是我人際的剋星卻又避免不了，於是忍痛表現他們心中所謂的「男人」。為什麼大家的目標總放在我身上呢？再加上不勝酒力，於是冒雨在水溝旁「捉兔子」（台語發音，意指醉酒嘔吐）。在一個浪漫的夜裏，我傾吐所有不快對著看不見的明月。吐完後，又被灌到差不多將不支倒地，見機潛回寢室休息，約莫11點洗完澡，再大吐一回，帶著腦勺陣痛，無可奈何地進入夢鄉。

夢中一度出現「藍色蜘蛛網」的香姨，雖然老了點，但有野性的魅力，她的面貌依稀可見，尤其身材忽隱忽現……，而窗外的雨聲點滴，直到天明。

10月8日

今天去反潛指揮部參加演講比賽，雖然得了第二名，但是心中仍有種滿足的喜悅，因為我的潛能有所精進，在邁向研究所之路又更接近了。從審題，搜集資料，構思分析，稿子完成，打字列印，讀稿練習，到本大隊從二人中選一，乃至反潛部榮獲第二名，這一連串的心路歷程，走得艱辛，但很值得！

我很高興再次實踐我的座右銘：「創造經驗，累積經驗；創造快樂，累積快樂。」第二名的獎品附有鬧鐘的檯燈，這是一個見證，肯定自己的見證。

其實比賽並非好名，而是開發潛能與創造經驗！因此得失並不牽掛於心，只求過程中的付出。

演說完畢後，鄰座一位學弟告訴我，他得到一個啓示：「努力才會有成果」，此言對於用心準備的我，可謂感同身受啊！

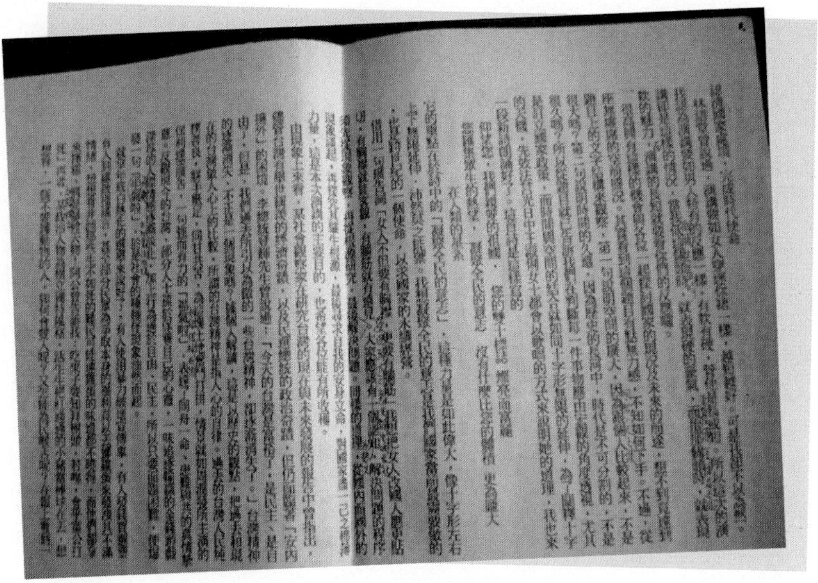

利用無蝦米打字輸入法，
印出我的智慧財產報告，
這份報告的演出奠定日後演講的基礎。

■ 10月11日

下午偵潛官葛老邀我一同登山，我又再度登鯉魚潭的山，一度遇到虎頭蜂的襲擊，相當驚悚，不過，我都採取「懶得理你」的策略，終將化險為夷。

■ 10月13日

早上到政戰處泡茶聊天，談論公事，進行意見交流及經驗分享，內心十分狂喜，狂喜的不只是外表那分悠閒，再加上即將領取上次演講比賽的一千五百元的獎金。

下午派工完後，便到福利社大量採購冰涼的飲料，分享給所有同事，相當開心。未料隊長要我自簽獎勵金五百元，雖然是意外的驚喜，但仍感到十分驕傲！

晚上與偵潛士官長潘老大前往芳村餐廳參加朋友的喜宴，沾了喜氣，神清氣爽。宴後，包了菜底回營區慰勞平日辛苦的戰士們，一時之間，暗爽在心裏。

挑燈夜讀陳靖怡所著《星座愛情》，總算有點收穫，對於明日為志霖解答迷津有很大助益。原來星座影響個性並非只有十二分法，還須考慮各大行星（太陽、月亮、木、火、土、金、水）對每人的影響，始能作精準的分析。類似於紫微命盤圖，星相學亦須參照行星曆，才能有更進一步的了解。

■ 11月25日

上週四我相當成功地扮演我專家學者的角色，向整個花蓮地區的海軍官兵同志們做一番政治性的演說。會後，獲參謀長及長官們的鼓勵及肯定，使我的演說生涯又向前推進一大步。

我以為離開花蓮的時機已到，而且想換個職務看看，老是幹人家的參謀實有不甘，更何況已有幹主管的能力了。雖然常把「謝天」的口號掛在嘴邊，總得靠自己一步步去實踐才行！

離開這裏並非因這裏的人事物不好，實在是天下無不散的筵席啊！這裏的結束又是那裏的開始，每階段的循環才是真實的人生。

我必須成功才行！For my future!

■ 11月30日

在花蓮服役轉眼間已屆滿一年了，調職的消息仍未見起色，雖求助處長的推薦，依然未有成功的把握。

處長給了我一個答覆：「要看造化了！」唉！若不賴造化，我靠努力應可達成個人目標。但若看造化，我看是造化弄人了。

某位長官開玩笑對我說：「你應該開個訓練演講的課程，讓我們多學習學習」這是一句肯定的誇讚，雖開心，但不得志又何用！

■ 12月1日

近兩天比較清閒，動極之後，代之以靜，讓放蕩的心靈稍作休息，這種感覺相當棒！

讀思想史，漸漸通曉一些道理，從前人著作中可窺見其思想感情。但我的日記中是否也能嗅出一些味道來呢？作品之良窳是否以此為標準呢？我想是八九不離十了。從日記中可看出我對每件事物的想法，或許能預測未來的命運喔！

■ 12月4日

雖然很忙，但還是得抽空運運動。飛行官家齊下午邀我打網球，使我再次重溫舊夢。

打完之後，我復習了兩個關鍵技巧，發球時，左腳向前，即可發出閃亮的一球，再次回擊時，球拍須順勢往後，始可發出神秘力量。

每天只要學一點新東西，我都有滿足的快樂，所謂知足常樂，而這些學習是有助我未來的人生前途。

■ 12月14日

放了4天假，也把日記帶回家，就是硬著頭皮也不想寫，真是氣人哪！固定在每次休假的週日清晨陪同父母親登山健行，吸收芬多精，既享受大自然之美，又拉近親子間的距離，其樂融融！

■ 12月19日

最近隊上滿多人生病的，有些人表面看起來很健康，卻通不過病魔的考驗，有些人常運動卻也受病魔的誘惑！有些人不大想進醫院，主要有些忌諱，或怕受感染，我卻不以為然，並非我喜愛入醫院，而是能把我的喜氣及好運帶入醫院。

每當探視病患或帶病患看病，我總是抱持輕鬆自在的心情，不因任何忌諱而影響病人的心情。因為人在世上本有生老病死，這是很自然的，又何須避東諱西，造成負擔的心理呢？

雖然有此超越的認知，卻不能有鐵齒的心理，刻意要去證明某事，而應以自然順舟的情勢為行事之準則，方不致招來不明的搔擾。

■ 88年1月19日

今天下午看到忠義報刊登我的新聞稿，我的心情比以前驚喜。因為昨夜做了一個夢，夢到自己的稿子上了忠義報，整個夢境很模糊。

■ 2月1日

基本上，幾乎每日都在接觸英語，與同事常練習怎麼表達自己的想法，用陌生的語言，感覺上日有精進，真為自己的好學不倦精神所折服。

■ 2月5日

我的痘痘已長了三代了，也賣了三代豆花，但生意興隆，一直沒有倒閉，到底何時才能倒閉？

今天天氣很冷，我的小兵請我打電話請冷氣團延後參訪，但這個月她還是來了，為何？

許多長官肯定我的辦事能力，而我也對個人的業務已能駕輕就熟。就拿當司儀一事來說好了，處長對我的靈活反應表示嘉勉。副總司令來訪，處長派我當司儀，本有一個程序「恭請副總訓示」，但副總司令在我未唸到時，就已在訓示了，處長怕我反應不過來，想打pass，但我沒看到。

其實那時我早已發覺異樣，但經熟慮後，我跳過此程序，因而獲處長口頭嘉勉。

今早去三商百貨購買春節禮品，有一些經驗上的復習。其一，筆和紙記得攜帶，以方便記錄所買禮品之品名及金額。其二，不先支用公款，以免亂了活動程序。其三，購買物品前，應先規劃禮品的等級、預算及數量。

雖然目前能力已經很強了，但一山還有一山高，應該在英語、電腦、寫作，及本職學能上有所精進才行，而且不因驕氣阻擋前進。

■ 2月7日

今天是星期日，冷氣團似乎結束了參訪行程，逐漸遠去。太陽公公鼓起了勇氣，悄稍出來探探頭，而我的精神也跟著抖擻起來，終於可以做做自己想做的事。

春節活動的整個規劃總算告一段落，利用剛剛一些空檔，把簽呈打完，做成一份計畫。

列印期間，在瀏覽青年日報時，不經意地發現座落在副刊一隅的一首清新自然的小詩。拜讀之後，我把它剪了下來，浮貼在日記上。這是我寫日記以來的長久習慣。

此一首詩所運用的隱喻手法相當深刻，深深切入我的心。我最喜歡的一句是：

……因我只是一片／半醒煙雨／迷失在妳心上的／夢裡江南

詩句中的「我」被比喻成迷濛的煙雨，想探訪妳的蹤跡，卻又因遙不可及的妳而迷失在妳所喜愛的江南。

相當讚嘆詩人的文學技巧，非寫實，應屬浪漫派的楚辭學徒吧！歲月與魚尾紋是雙關語，鬢亦然。蕭蕭與落葉又遙相呼應，可能是一首美人遲暮之作吧！

■ 2月9日

飛行官阿和最近除了與我練習英語會話外，三不五時會趁機要我依當時

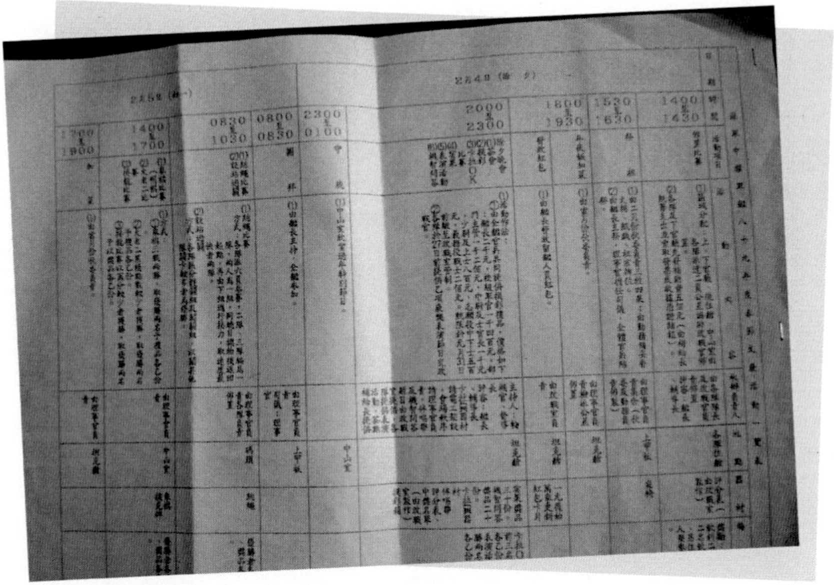

春節活動計畫表是我構思許久，
為了讓全體軍士兵抒解身心而用心安排的。

情境創作詩詞。

無論在大漢宿舍外，或跑步時，或吃薑母鴨時，任何情境下都會被他拱出來作作詩。加上過年腳步即將逼近，寫寫應景的詩句，我想是在所難免的。該如何寫呢？我想以景入情應是最好的寫詩方法吧！

■ 2月10日

每逢佳節，我必作詩句以應景慶賀，今年備受壓力，茲作以下三首以自娛娛人。

其一

中隊新年活動cool
紅包摸彩樣樣來
今夕不知誰奪魁
應是巧兔笑顏開

其二

新歲賀年春得意
禮輕意重送寒冬
歡聚談笑酒一壺
問暖何妨醉夢中。

其三

天未明，人未寐
爆竹嘈雜，劃破夜闌
迎著喜悅，溫存好夢
對著過去，bye bye!
向著未來，醒醒！

■ 2月14日

今年春節特別忙，似乎要親力親為，無可替代！

就提佈置來說，除了須考量色彩心理之外，尚有空間設計美學也應精心規劃。再者是活動的安排，撇開禮品不談，整個年節氣氛，要有音樂的薰染，節目的點綴，紅包更是不可或缺，這都要掌握人的需求和好奇的心理。

■ 2月15日

再過十分鐘，除夕夜即將離去，揮別舊歲之不如意，迎接更開廣的喜樂。今早點完名後，就一直忙到此刻，從春聯張貼，餐廳晚會佈置，各項活動裝具之準備，已使我累得無法言語。

除夕晚會算是辦得相當成功，深受隊長的讚許，又為一次辦活動的經驗更邁進一步！

2月28日

今天是一個紀念的日子，天氣也隨之寒了起來。

昨天下午和偵潛官志和去看「真愛奇蹟」，是一片富有思想及感情的電影，尤其裏頭的對話及配樂，都深深憾動我的心。

「A word is a part of picture; a sentence is a picture, If you use your imagination, you'll meet them together.」

這是一段殘障但聰明的小孩啓迪智障小孩知識的對話。相當富有哲理性。當殘障小孩死後，其母（沙朗史東飾演）由救護車內輕探，在冰天寒地中，對智障小孩安慰說：「His heart is too big and the body can't hold it!」

此段對話感覺有點莊子的味道，因為其主張人身的主宰是心靈，所以即使人的大限來臨亦不可傷悲，應有豁達心胸去面對自然生老病死的人生，不可執著於表相軀殼。生死猶如夜旦之常，我們應把握可利用的人生，開發自身的潛力，將心靈的作用發揮極致。

兩位身殘的小孩，合作無間，互補其短，一個是腦，一個是雙腳，雖然他們的父親都不在了。儘管受同學嘲笑，兩人仍以騎士的勇氣精神，樂觀地開創不可預知的未來。身障小孩的行為正應驗了「人殘而心不殘」的老話，因此看完這部電影後，對週遭異常的朋友要有真誠的關懷，而對未來的喜悲更應有積極向上的態度來迎接才是！

■ 3月1日

突然心血來潮，想學吉他。昨天假日，整天幾乎都在把玩吉他，一下決心，一定要好好學習。其動機不排除釣馬子的私心，但更重要的是好好發揮內在的藝術氣質。

我是學中文的，文學理當與藝術結合才能感動人心，試想，一首好詩若無吉他聲的伴奏，豈不喪失內在靈活的動力及美妙動人的感情呢？且每次放假回家，看著吉他樂譜閒置於書櫃中，失去了「物盡其用」的價值，況且本人智慧非凡人，為何不多多開發潛能，多多充實自己呢？

在各種助緣的刺激下，我一定能完成使命的。

■ 3月9日

左手末三指因彈吉他而起水泡，用大姆指輕觸三指之任一指，感覺相當舒適，像是觸電般的麻痺，但沒有快感！

■ 3月26日

難得早上寫日記，還不是想多利用時間。

前兩天忙著副大隊長的什麼飛行任務板的製作，搞得我連假都沒按時放。若從另一角度來看，在美工能力的培養上，我又再一次的發現及肯定本身除了中文寫作的能力外，尚有其他潛能可資運用。

談到吉他的苦練，又是我從軍以來的重大挑戰。再過一兩小時，我即將

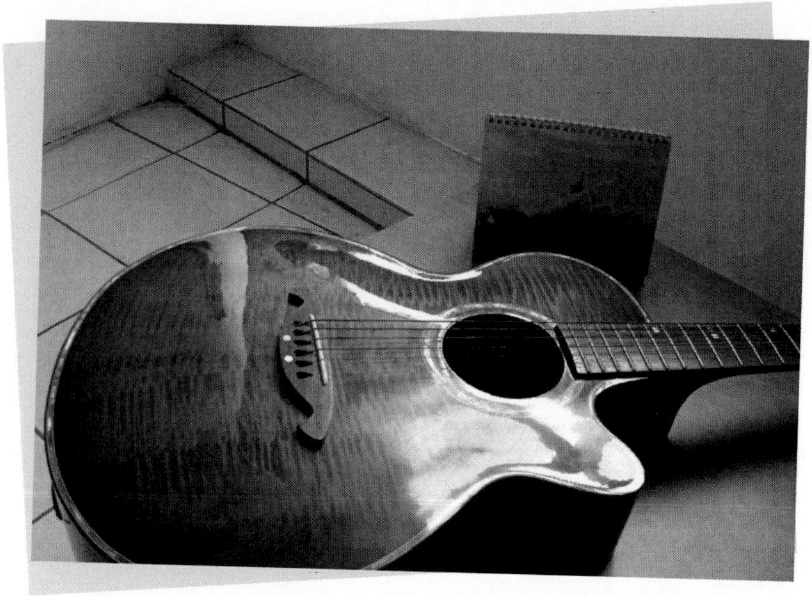

這把吉他曾經讓我歡喜讓我憂，
憂的是手指彈到破皮，碰壁像觸電，
歡喜的是同袍很捧場來聽我彈唱鄭中基的「絕口不提愛妳」，
妳想聽嗎？

搭機返家，現在的心情很輕鬆，無壓力。只好再拿起陌生的吉他，再好好地練它一番，期能有所精進。

■ 3月31日

回家要帶太多東西，因而忽略了日記。三月來，每週都有新鮮刺激驚喜的經驗。

第一週參觀日據時期所遺留下來的木板式建築，頗具參考價值。第二週至羅東吃家常菜，到基隆吃鼎邊銼、天婦羅，滿足口慾。第三週貓空通宵泡茶，陽明山賞雨，宜蘭羅東運動公園踏青，十分開心。

而本週呢？休假返家繼續人生另一段閒旅。自週六起，連續三天吃喜宴，從屏東、高雄再至台南的趕攤，由遠而近，意味著喜事已近。

■ 4月6日

今天莒光夜，有一個構想，既然是我的課，何不盡心表現呢？

授課內容，時而人生，時而命理，時而英語……，林林總總，只希望大家多多學習精進。

■ 4月10日

最近常失憶，尤其逾時寫日記。

莒光日趁輔導長赴左營出任務之空檔，我負責了整個教育活動。當電視「莒光園地」正轉播到東部某山莊時，突然有個念頭出現，可以把「山莊」二字的讀音好好研究研究。

我舉出兩組詞語做例子，在課堂上好好討論一番：1.山莊，三專。2.船上，床上。大部份人或許能正確分辨其音之異同，但未知其原理。我以舌頭的活動與牙齒間的接觸來分辨其相異處。山、三、專、船等字發音時，舌尖抵住上排牙齒，而莊、船、上等字則是發舌根音，即舌頭不用碰到牙齒。

■ 4月11日

有時想想，自己都這麼大了，仍一事無成，真是可悲！如果沒考上研究所，我如何教書呢？即使有堅強的實力。

我是有把握上台試教本身的專業課程，因為自離校後，由於本身職務的磨練，不僅培養了勇氣，也吸收了教學經驗。

■ 4月25日

這個週末待在營區持續練習吉他，看英文，看考試用書，一點也不覺無聊。

5月1日

目前的生活單純多了，晚上所安排的節目分為三部分，先是吉他練習，次是考試準備，最後則是英文。

士官長潘老大來辦公室與我討論「從佛家思想中之隨緣態度看愛情之得與失」，我深切發表我的看法。其實以佛家觀點來看，今生的男女緣份只是前世的延續，何須去執著，一段情的聚散只是因果輪迴中的一環而已，任誰都無法改變這個輪迴，那又何必去強求呢？

5月2日

我的左手三根手指尖的皮似乎快爛掉了，長繭會長成這副德性，也真是夠了。由於常接觸音樂的關係，漸漸對它熟悉，今天彈出一些問題，準備問我的音樂啓蒙老師政戰士至權先生。

翻翻第一天學吉他的心情，很開心算算已滿兩個月，勉強能彈一首簡單的歌，但不熟，和弦壓不緊，但已有一些概念了。

退伍那一天一定要show出苦練的成果，但絕不能忘記考研究所的理想啊！

■5月29日

現在左手三根手指已瀕臨報廢的危機，相當痛苦，只要一碰牆壁，有如觸電一般痛徹心扉，若我因此放棄，如何證明「不經一番寒徹骨，焉得梅花撲鼻香」的真理呢？

有位像忍者龜的某軍官，常戴有色墨鏡看電視，每每入中山室後，必定看他守著電視。有時我陪他看電視，他以為有伴，便隨性發出怪笑聲，他就好像是被電視看的動物一樣。有時觀察人，真有趣！

■ 6月3日

雖然吉他日益精進，但音感仍不準。剛剛試著調音練習，卻把弦給調斷了，也好，練了很久，手指快痛斃了，趁此時好好休息，不然，忙著彈吉他卻忘了準備考試，也是不智之舉。

■ 6月19日

飯前，在營區二樓陽台看著小飛鳥無憂地在雨中奔馳著。飯後，它們還在飛，叫聲此起彼落。這一幅群鳥亂飛的風景圖給我一些啟示。

飛這麼久都不累嗎？在雨中飛翔不感冒嗎？它們為了什麼在飛？或許它們在覓食忘了累；或許它們在洗澡；或許它們只是在玩耍；或許……

突然間我把視線移至地面草叢邊的小蜥蜴，它正覓食著，一動也不動，很專心在找尋獵物。把剛吃完的西瓜皮剝成幾片，瞄準目標物蜥蜴，結果徒勞無功，就連口水都打不到。它果然相當專心，這令我想起莊子的寓言故事：螳螂捕蟬，而黃雀在後，而莊子更在其後！

昨夜聽秦夢仲的節目，得知他以前練吉他的第一夜就會六個和弦，真厲害！他說練吉他不只是玩和弦，單音更是每日必練的基本功。反觀自己，現今仍一事無成，論條件沒條件，論人品沒人品，好像一無是處，該好好檢討並策勵未來。

■ 7月4日

這兩天在戰情室當值，很無聊，加上天氣炎熱，頭很痛。晚上終於完成一篇以「整肅軍紀，重建國軍形象」為題的論文，字數約二千出頭，文中闡釋了人生中的五項重要課題，即德智體群美。不可諱言地，文中也說明我有讀及寫日記的習慣。

■ 7月29日

天公太不給面子，在我所舉辦的軍歌比賽前幾分鐘下起大雷雨，This is not my day，一點都沒錯。

此次軍歌比賽整個規劃，我算全部參與了，也累積了經驗，與往常不同的是，臨時下了雨，臨時佈置場地的迅速，真刺激！

累積了什麼經驗？活動程序很重要，會場佈置及任務分配也須注意。只要是活動，照相機、標語、桌牌、茶水、資料等瑣事應力求周詳。其次是計分牌應醒目，格式隨性即可。過程中需自然，不可冷場。

■ 8月2日

最近個人開了幾場寢室演唱會，頗獲好評。只要是人都被我拉進寢室好好享受過。昨天洗照片時，還彈吉他給老闆欣賞哩！

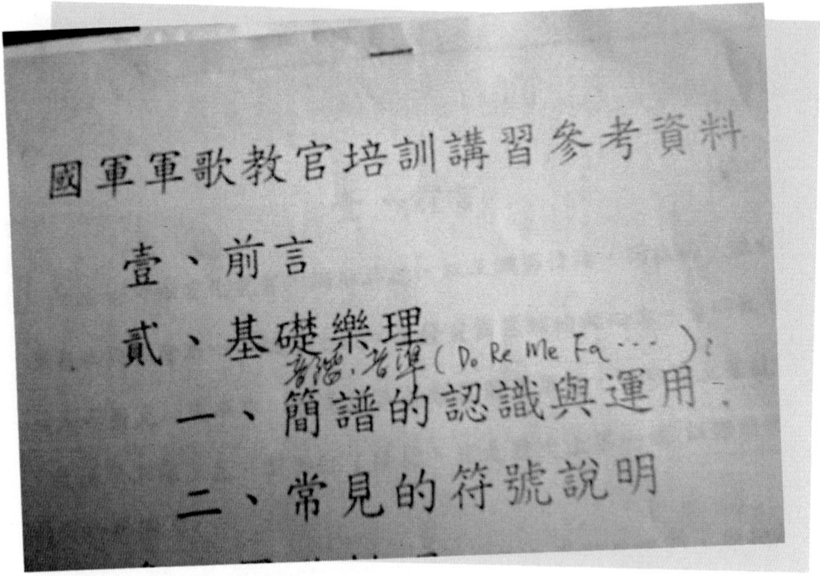

我曾辦過軍歌比賽的活動，
對音樂有基本研究。
這是我接受音樂培訓時的講義資料。

■ **8月3日**

最近兩天生意清淡，演唱會無人有興趣來聆聽，還好新政戰官剛來，成了我的室友，今天只有他一個聽眾。上次修護官哲緯因我的吉他聲而安詳入眠，簡直天籟！

眼巴巴盼望的比賽即將來到，「絕口不提愛妳」這首歌彈得不是挺熟的，仍須再加油！

■ **8月20日**

惰性漸強，看了上篇日記的時間離今天已三個禮拜了。再往前更不知如何是好？吉他比賽已是往事，不知何因取消？

不過，練習總是有用的，一旦決定目標，一定要達成。幾乎每日都有自開演唱會，聽眾皆表示精進日益。

昨天學習「長生學」，頗有心得。除了理解經絡，亦了解穴道所在。練功持之以恆相當重要，若僅開穴道卻荒廢，我想，好的開始便為失敗的結局。雜念摒除為其根本，但對初學者而言，恐是一件難事。

來軍中一定要學新的，今天又是一個新學習。

■9月2日

今夜窗外雨聲好大，心情很亂。

下午又有一次上台演講的經驗，比上次略遜，時間略短，但以臨場反應的角度來看，的確進步很大。中午沒睡，以邏輯程序草擬大綱，準備不到一個小時，便上場說話了。只記得說了一個「下面一位」的故事，完事之後主任喚我到辦公室，送我一條包裝精美且印有「海航」字樣的紀念皮帶。他說：「台風穩健，最近做了不少事！」

最近游泳增加了體力，游泳時，難免欣賞女孩子的美姿。一度還被仰泳

的女子打到頭，真衰！（泳衣花俏，人卻老）

近來為一些同事調整身體，我所運用的是「長生學」的導引氣功。他們有的肚痛，有的關節痠，有的背歪，有的感冒。有些有效，有些怪怪，不管如何，總感覺做了善事，難免開心。

9月8日

不像日前，今天陰陰的，偶而下點毛毛雨。

本來想如往常般與偵潛官志和跑步到七星潭賞落日，一路上再散步回營區。黃昏，天氣沒好臉色，想再回味游泳的滋味，不去異性多的國豐游泳池，索性到免費的401聯隊游泳。

■ 9月10日

老實說，不大想跟她看恐怖的日本電影「hypnosis」。從頭到尾，我一直在發抖，不是害怕的發抖，而是冷的發抖。花蓮電影城沒事冷氣開那麼強幹嘛！

昨天下午處長帶一對小兒女來辦公室，我陪他們玩，還表演籃球技術哄他們。在門口時，我問小孩們：「修護官唐莊的頭比較大，還是籃球？」「是他！」小孩們天真無邪的回答。唐莊不甘示弱以同樣問題問他們：「是誰比較大？」小孩屈於淫威之下，答道：「是籃球！」接著唐莊又想虧我皮膚差，索性問：「籃球顆粒大，還是小政痘痘大？」還好，小孩愛護我說：「是籃球！」

■ 10月3日

當兵期間學了三件新事物：吉他、游泳、長生學。這些成果令我相當滿意，至少這段期間不是空白。能促成這樣的結果，除了在某些程度是上天的安排外，個人的計劃、主動積極、持之以恆都是決定性的因素。

恐怕最後的衝刺會深受朋友應酬的虛度光陰。研究所之路是一條未知結果的路，對於現在而言。

學了一些東西之後，同事會請求你回饋。有人要我教英文和吉他，可是目前我要在下班後準備考研究所啊！時間真是不足！

然而處長卻以「公私分明」來糗我。他灌輸我加班的觀念，一天領一千多元，要對國家負責。這叫我怎麼講呢？其一，加班只是讓隔天沒事做。其二，一天領多少錢與做事無關。有些兵運好，幹主官管，領主管加給，根本是躺著幹，有些小官和小兵卻累得半死，領的錢呢？其三，對我而言，是有計劃在生活，累積了將來對下一代教育的誠意，準時下班，有何大不了。其四，我不因屆退而生輕慢之心，我仍會在工作崗位上堅守，因為每段時間都不會使之空白。

慢慢來，還有4個多月，該學的一定要認真。現在談個嚴肅的回憶，九二一大地震，地震前一天似乎過得很開心。

那夜，本以為與往常一樣無須大驚小怪，因為地震在花蓮，可說是司空見慣的事。的確搖得很大，感覺很冷，醒來，翻個身，蓋個棉被，又睡去。翌日，很慘，猶記得昨夜隔棟居民倉皇逃出，議論紛紛。

電視整天播放，真是不忍卒睹！

■ 10月4日

好不容易想靜下來，好好地唸書，竟又來幾位不速之客。來聊地震家中慘狀的，來彈吉他的，加班訴苦的，錢被偷的……真是不得安寧，氣都氣死了！

■ 10月14日

就快下班了，隊上小兵卻出車禍。監察官以慰助為由，要我前往探視。他的右大腿內側破個半徑約3公分的大洞，縫了7針。觸目驚心，洞內有絲絲內塊，煞是恐怖，雖未進食，已有噁心之狀。

■ 10月22日

根據謠指部，我可能被調到船上。好不容易再過四個月就要退伍了，有一些自由的時間運用。然而，我不過是一顆棋子而已，受命運撥弄。

■ 11月1日

今天是調差的生效日，但還未收到文令。然而事實已成事實，也因為如此，今晨突然起了大風，似乎有事要發生。其實大自然的變化與人事變遷是兩回事，不可能因我調差而變天，那只能是無稽之談罷了。

即將要進入另一個人生未知數，雖然這裏有很多同袍的不捨，不過，天下真無不散的筵席啊！

如果我是大器晚成的話，那日後會有更多的挑戰面臨。

關於調船一事，見仁見智，角度各有不同。有些認為可多領海勤加給，多體驗。也有些則以為紀律太嚴，沒有自由，暈船，值便等等。

這三個多月短短的，在退伍前。或許又有奇怪的事等著我，只好拭目以待。人生未來不可預知，如同地震一樣，有些倖存，有些遇不到。

第六旅站

地點：基隆港

■ 11月27日

在北上基隆報到的路途中，日記本不見了，幾經波折後，終於失而復得。

前幾天坐軍艦去馬祖出任務，感覺很開心。與作戰長包三小時八百元的計程車逛馬祖南竿一週，可謂大開眼界。到鐵堡，遙想當年英勇烈士採隱蔽掩蔽，攻擊敵犯，而內部羊腸小徑像迷宮卻別有洞天。

到「枕戈待旦」精神保壘憑弔蔣公當年的奮勇抗敵。到經國紀念館目睹經國一生功績，親筆手稿，平易近人的風範。到北海坑道堪察山洞裏可停放小艇。到酒廠裏喝高粱。……

目前在軍艦上不適應的是上廁所。有時忍個3或4天，竟賠上些許健康。航行中有機會與年輕（看起來）的女警聊天，還是在我值更時，她們來找我聊的，可能是莫名的魅力吧？！尤其是她們隊長竟可與我扯上關係。她的同學的女朋友（曉薇）是我大學的直屬學妹。

在船上我以長生學治了兩位同學。治療過程中，一位見證說後腦勺熱熱的，一位則表示麻麻脹脹的，結果是有效的。

■11月29日

基隆不愧號稱為雨都，近日因受東北季風影響，感覺又溼又冷，難以忍受。

雖然離退伍尚有兩個多月，卻有無奈的勞碌命。加上艦長及輔仔等長官頻頻讚揚，因此壓力倍感沈重。

最近忙著受檢業務的先期準備工作，精神上感覺好累！尤其趁著雨勢，外出借錄影帶和洗照片等雜務，更讓人身心俱疲。回過頭來想想我研究所的計劃，就真的要泡湯了。

■11月30日

業務要從無做到有，無疑的，是一件苦差事，尤其對於無心於軍旅的我而言，更是一種負擔。不管如何，我都要完成它，這也是我最後所能直接貢獻國家的僅存時機。

輔仔在交待完工作之後，一箭步時間，他又返回送我一枚刻上我名的開運印章。這一個小動作，使我先前的厭煩盡褪。其中我學到了適度的送禮及付出也是一帖滋潤人心的妙藥。猶記得前單位的處長，在我離差前的教誨，適當的送禮，請吃飯就是其中一課。

在船上退伍似乎是注定的事，只是比較不適應的地方是上廁所。做那檔事時，我喜歡安靜，一有動靜，就如驚弓之鳥，毫無發洩的慾望。

艦長總會在吃飯跟我們官員聊天，過程中給後進者一些指導。他提到，我離開學校三年餘，該忘的都忘光了，文憑與執照只是擺著好看的。

艦長是很有智慧的人，領導統御有一套，人緣也不錯，又幽默又風趣。他的目的是要我們不要忘了學習，這一股力量充實，才比一張紙來得有保障。

在KTV衝突事件中，他教導幹部要懂得收與放，當戰士情緒高昂時，不能隨之起舞，反而須掌握時間，依時歸營。

■12月1日

不愧是雨都，老天爺好像失禁了，一直下不停，不想再強調了。

今夜歡送醫官退伍及老作升上尉，他們請我們幾個官員到海鮮店吃好料。在基隆享受美食，除了廟口鼎邊銼（一種摻雜麵皮、肉羹等的什錦湯）、天婦羅等小吃外，海產類的食物更是不可錯過！蝦鬆，碎蝦肉混炒芹菜塊，外層包生高麗菜，最外層則包麵皮，有種獨特的口感。

很快地，再一個月過了千禧年後，緊接著就要收拾行李退伍了。或許是好的象徵，在跨越千禧年後，說不定將會漸入佳境，敬請期待！

■12月4日

昨天奉命帶隊至和平島公園的核訓中心上課。

利用偷閒時間看海，確實是一件美事。一幕幕驚濤裂岸、水花迸裂的壯觀景象，活躍地呈現眼前。尤其駐足於登山步道，俯瞰其間，一種「君臨天下」的豪氣，著實令人趾高氣揚！那樣的情景，莫名地，把我推向？年前的西子灣。

似乎山水總與我結緣，心中常會升起一股感動。回顧轉運開始，就常與山水接觸，大學在兼具山水之美的中山大學唸書，當兵抽到海軍，又很「幸運」抽到船籤，接著調到山水的花蓮，退伍前又調到船上。這一連串的軌跡，常透露「大器晚成」特質的徵兆。

上莒光日，是我為未來幹教授的一項準備，在表達、膽量、系統、方式及應變上。值得一提的是，讓專長的人出來分享經驗，不僅上課內容多樣化，讓其他人收穫更多，又可消遣莒光日的無聊時間。

下午與輪機長一同至中正公園爬山。在基隆逛，其實不須交通工具，用散步的方式，很快就到達目的地了。中正公園的特色在於山頂上有一座觀音像，其前有一塊匾額寫著「慈航普渡」四字。從這裏俯瞰，可把基隆盡收眼底，或許夜晚來，會更加漂亮！

研究人體器官長相是件有趣的事。胖有胖的爆笑，瘦有瘦的滑稽。胖的人，看他的啤酒肚，好像孕婦，看他的手，好像一隻龜，整體又像汽油桶。瘦的人，看他的臉，像骷髏頭，身材像猴子，整體像頑皮豹。而我則逃於兩者之外，像一種玉樹臨風，一種清新脫俗，一種……

■ 12月6日

午餐艦長談到一貫道的信奉者。「會修道的只有一個目的，就是不輪迴。」接著告戒說：「會生氣都是自找的」說得都滿有道理的。只是此刻感覺好累，不想動腦筋。

昨夜冒著「斜風雨驟」的氣氛裏值更，覺得長夜漫漫，本可在陸地上享清福的，孰知命運無奈的安排下，令人有些措手不及。不是因為海勤加給尚未領到，而是業務重新耕耘，令人有些疲憊，自嘆倒楣！

要不是想對國家做點事，我大可躺著幹，反正快要退伍了嘛！若真如此，則與我的盡忠本分的個性大相違背，因此不想浪費時間在胡思亂想上。

■ 12月7日

來基隆一定要學散步，才能享受這裏的閒情。因為只要隨性走走，就可到街區，走個幾分鐘就到文化中心、金石堂、廟口、中正公園……。

今夜十點多獨自一人在市區遊走，深怕被搶、被搭訕，結果安然無恙！只不過負著責任到店裏租還錄影帶而已（加班）。我冒著冷風，加上孤單一人，更顯得淒涼！

■12月8日

入軍中有很多機會大開眼界，譬如，擁有傲人的凸肚幹部不在少數。每個都很爆笑，每次上班都會看到「孕婦」走來走去，有時還會玩耍嬉戲。真怕他們動到胎氣，可是肚子隆起的時光已超過十個月以上了，為什麼孩子都還沒出世呢？難道他們的一天是我們的一年！

■12月9日

昨夜值04更（指12點至凌晨4點），之前還小酌酒精濃度高達41％的白蘭地，只睡不到2小時，於今晨6時拼了老命再爬起來主持莒光日中的讀報節目。也不知道說了什麼，只覺得責任驅使，勢必要如此做。

聽著周蕙的「約定」，一再反覆，好像時間停駐於歌詞中的情境。很抒情，很好聽，做什麼事有了音樂催化後，什麼都顯得起勁！

■12月15日

惡夢又來了，在氣候惡劣下值更，是件生不如死的事。

航行中有如身置人間煉獄般的折磨。幾分鐘內，胃中開始波濤巨浪，很多雜七雜八的分泌物翻騰而出。嘔吐袋來不及收進去，就像趕場表演秀般又變出嘔吐袋來。就剩最後二次吧，不然我就要跳海了。吐的過程是先固體的飯粒，再者是泡沫，最後則是清澈的膽汁。

終於到了馬祖東引，踏上陸地的感覺真好。不過，更希望此刻的陸地是在基隆的陸地上。在寒凜的強風中，一下梯口，便點碗熱騰騰的陽春麵，這種感覺真是過癮啊！

東引像是座廢棄的荒島，情景就像南投九二一大地震時，車隴埔斷層隆起的光禿禿的峭壁一樣。不像市區，就在人群聚集的地方逛了一下，買了些特產。

還聽戰士說有所謂的東引之花，在好奇的驅使下，挺進雜貨店，詢問：「有沒有賣雜誌？」的藉口後，便匆匆離去。第二家隨性瀏覽後，則買一條牙膏當作到此一遊的見面禮。其實東引之花並非浪得虛名。

■ 12月18日

從東引返回基隆的航行中，有許多關於海上種種的感覺和怨言。不過，那一時的「失勢」，已隨靠港後的風平浪靜而舒適些許。然而，經由此次的歷練後，使我破壞許多道行，是否能於日後東山再起，拭目以待吧！真的，那些怨言確實有許多價值，但為何現在卻想不起來了呢？也忘了幾餐未進食了，只覺得大腸捲小腸，幾乎未能辨其大小，而且胃可能也縮在一起了。

本次回程可用四字形容。「如獲至寶」，否定；「不虛此行」，也不對……，原來是，「歷劫歸來」才對！有如此恐怖嗎？請你來試試看！

航行中，船體左右搖晃，而下更後在住艙休息時，常可聽到濤浪吼聲，接著就像地震一樣，上下移動，頂著巨浪。這種感覺相當難受，就像世界末日般無助，莫可適從，說是十八層地獄都不為過。這種情境下想要找尋解脫的方式只有兩種：一種是樂觀的，什麼都不吃，能睡就睡。一種是悲觀的，跳海撞壁，不告而別。

至於如何克服暈船呢？我歸納為幾種：

1.當船左右晃時，我也跟著節奏晃。

2.不吃甜的，以免反胃。

3.看遠方海平線。

12月19日

昨夜值更，與戰士聊了三、四個鐘頭，很快就到下更時間。聊的過程，我的角色很像教授，學者，很有大師風範。自然地我順著話題進展，問他們有關一些宗教哲學思想與時下新新人類的衝擊，有何看法？其中一位戰士是泰雅族原住民，聊過之後，增進對台灣少數民族的了解。

而我思想的根基何在？是宗教？是儒家？是道家？三者之區分與相容性在那？老實說，我也不知。在面臨同一困境時，祂們又表現何種獨特的人生態度？是因果，是隨其自然，是勇往直前，是平安？

12月20日

相當快地，就剩倒數兩個月了，這樣的Final count down倒數心情卻比千禧年及總統大選逼近，更令人興奮，快意！

■12月21日

到隊部租錄影帶給艦上官兵觀賞，竟也可與當值軍官聊到心深處。他是政大金融系的陸軍預官，母親是老師，妹妹就讀高師大。全家幾年前曾遭遇人生重大車禍，差點喪命黃泉！由此他信了命運，雖獨立，叛逆性仍強。

奇怪，我談男人幹嘛！身家還調查這麼清楚，莫非……

■12月23日

上莒光課，一如往常，我在部隊面前高談闊論。聽了戰士的心得報告後，我發表了有關教育的想法：讓孩子去發揮他的興趣和專長，不去限制他的學習走向，這樣他就能輕鬆自在而有充分的揮灑空間，因為這是他熟悉的，下過苦功。演說過程中，有幾位戰士害羞於發表心得，於是我就請某位戰士說笑話（內行的），化解僵局。其中一位勤務兵，身具佛學素養，洗耳恭聽後，發出一句美妙的言語：「當你的兒子真好！」

■ 12月24日

今夜聖誕夜，與往常到教會參加活動的方式不同，我趁著晚上出外租借錄影帶的機會，有計劃地買了一雙皮鞋。此刻正穿著舒適的兩千元的時髦皮鞋在船上值梯口深夜的0－4更，成了一種特殊的慶祝方式。

■ 12月27日

本不想管理隊務，昨日卻因隊長職代關係而捲入莫名的紛爭之中。休假規劃是隊務中最為棘手的項目之一。如何做到公平且信服於部屬是智慧的考驗。

■ 89年1月4日（千禧年）

趁著值夜更，偷閒寫日記。醫官總會在我值更時找我吐露心事，至少半小時以上，談的盡是風花雪月。

今天他要我陪他去領一筆為數不少的錢，5萬多元，當他的保鏢。以我這樣瘦弱的體格，卻能雀屏中選，可見內心力量之強大。當保鏢就算了，還讓我幫他算錢，當會計師。

■1月6日

下午體能活動，第一次穿直排輪鞋在籃球場上搖擺不定地滑行。時而欲墜，時而凌波，不知摔了幾次，感覺相當趣味。

■1月12日

今天要開船了，不過，我還在台南。雖然快退伍了，也不能太囂張，竟然撇船，在海軍，這是一項很重的罪名。

原來輔仔早在昨天下午，在我即將收假返營前，打來一通對我而言，是好消息的電話，他說：「你不用跟船，但星期五要到左營開會」

無疑的，人生難以預料，許多奇奇怪怪的事都降臨在我身上。軍中之所有，將帶給我人生重大影響。

■ 1月22日

幾乎一整天都泡在文化中心圖書館內K書。其中觀賞了書法展和攝影展，收穫頗豐。不僅研究文字的筆法和整件作品的格式，連篆刻落款處，頗多思量。

一本名叫「中國哲學問題史」是最近要研讀的書。內容不同於以年代或人物為綱目的編排方式，卻以命題之探討為主的思想史，使我對哲學史的瞭解更進一步。例如，談到「本根論」，就會從各代思想家所提出的看法為著眼點來論述。只覺得如此按部就班來準備，研究所之路應不遠矣！

■1月24日

昨天原本計劃要到文化中心K書，結果整天都因副長指派任務而作罷。早上要我督導艦徽著色，下午要我帶隊做運動。不過，在學習溜直排輪鞋已有很大進步。下次只要把屈膝的技巧改進，應可溜得更好。

■1月28日

賀千禧

聽聽
那花開的聲音
悄然　驚
動了萬物甦醒
爆竹響

鳥兒叫
春神似乎已來到
叮咚！叮咚
一句貼心的問候——
千禧牽喜，新年快樂

此次春節活動深具兩項重大意義：其一，千禧年第一個農曆春節；其二，本人在軍旅生涯中最後一次舉辦春節活動。由是，有感而發，作了此首短詩。

■ 1月30日

昨夜一位謝戰士要我教他英語，聽蔡依林的「the rose」之後，再翻譯讀給他聽。想想，我除了本科系學問外，還有那些可派上用場？應該是吉他、算命、英文及演講等技能。

不是個人想抬高身價去壓低別人，而是當有人得寸進尺或耀武揚威欺負弱小時，我便有資格出來幫忙解決！

■ 2月5日

在退伍前三個月調來中字號軍艦，有好有壞，好的是多跑幾個地方，壞的是較沒時間唸書。

■ 2月8日

利用值夜更0—4，寫寫心情。

一整天帶弟兄做了五項活動，大家玩得很開心。在實際親身參與自己所安排的活動過程中，創意源源不絕。真佩服自己能想出兩人跳繩繞臉盆接力比快慢的遊戲。更誇張的是，以纜繩投向臉盆來比準度。

2月9日

三年半海軍生涯即將結束，其中之一的好處是增廣見聞，除了實現「台灣在我腳下」的里程碑外，我也存夠讀研究所的進修基金。意外地，從花蓮調來這條編號與我退伍日期雷同的中字號２２１，更補足了基隆和馬祖兩地的足跡。

2月11日

我們那個艦務長最近樂於給我一些中肯的意見，雖然不敢苟同，但仍感謝。他嚴肅且義憤填膺地說：「文憑不算什麼，不要自陷於小小的中文領域，應該多涉獵其他書籍以求自保」

若說目前畫地自限，那我為何要學英文、吉他、游泳、長生學、經濟理財……呢？試問我為何又要考研究所？不管如何，採納良言後，賡續加強！

這艘軍艦航向何處？
退伍前的三個多月，我竟莫名其妙被調來此艦服務，
正因如此，我的人生多到了一個地方——馬祖！

■ 2月13日

剛下更，利用等洗衣機運作完畢的時間，思考關於男女之間情愛的課題……

■ 2月21日

正式退伍，繼續另一個人生旅程。

後記

我是在撰寫博士論文期間，江郎才盡，苦無靈感，突想將以往所寫的從軍日記整理一番，故有此書誕生。

我為何將此書訂為《小明教授奮鬥日記—從軍生活》呢？「小明」一詞，源於就讀東海碩士班時，同學對我的暱稱。此暱稱也是因為我的「菜市仔」名中，有個「明」字。而「教授」這個高又難攀的盛名是怎麼來的？由於我目前任教於中山大學、台南大學、長榮大學等三所大學，而一般人通常尊稱大學老師為「教授」，故有此稱。其實我離現行高等教育制度的教授職稱，還差十萬八千里！我必須從目前的講師開始努力打拼，然後到助理教授，到副教授，最後則到所謂的教授。辛苦啊！

於是書名《小明教授奮鬥日記—從軍生活》可以從我的一生來作分解：

「小明」是現在進行式，愛人和朋友一直都這樣叫我；「教授」是未來式，期許自己好好努力，將來升等順利；「從軍生活」是過去式，是一種成長軌跡的紀念。

在未整理從軍日記之前，其實也好奇當年在近四年的軍旅生涯中到底做些什麼？現在的我想探索過去的我，社會的我也想瞭解海軍的我，文筆的我更想對照武戎的我，到底我是怎樣的我？其實不想用那麼多的「我」字，不然會讓人誤解我是那麼自我。所以……

要感謝的人太多，一時也難以道盡。若缺少了自己後天智慧和學習態度，則一切夢想將會落空，因此要感謝自己的長進。也要感謝書中的這一群矇在鼓裏的超級演員，若沒有他們的配合演出，我也演得不起勁，樂趣也沒了。還要感謝景緻的細心校稿，以及秀威出版社對拙著精美的製作，還有還有，更感謝可愛的讀者群，你（妳）們。

國家圖書館出版品預行編目

小明教授奮鬥日記：從軍生活 / 謝明輝著. --
一版. -- 臺北市：秀威資訊科技, 2008.05
面； 公分. -- (語言文學類：PG0182)

ISBN 978-986-221-012-3(平裝)

855　　　　　　97007071

BOD Books on Demand　語言文學類　PG0182

小明教授奮鬥日記—從軍生活

作　　者 / 謝明輝
發 行 人 / 宋政坤
執行編輯 / 林世玲
圖文排版 / 林蔚靜
封面設計 / 莊芯媚
數位轉譯 / 徐真玉　沈裕閔
圖書銷售 / 林怡君
法律顧問 / 毛國樑　律師
出版印製 / 秀威資訊科技股份有限公司
台北市內湖區瑞光路583巷25號1樓
電話：02-2657-9211　傳真：02-2657-9106
E-mail：service@showwe.com.tw
經 銷 商 / 紅螞蟻圖書有限公司
台北市內湖區舊宗路二段121巷28、32號4樓
電話：02-2795-3656　傳真：02-2795-4100
http://www.e-redant.com

2008 年 5 月　BOD 一版
定價：240 元

・請尊重著作權・
Copyright©2008 by Showwe Information Co.,Ltd.

讀　者　回　函　卡

感謝您購買本書，為提升服務品質，煩請填寫以下問卷，收到您的寶貴意見後，我們會仔細收藏記錄並回贈紀念品，謝謝！

1.您購買的書名：＿＿＿＿＿＿＿＿＿＿＿＿＿＿

2.您從何得知本書的消息？

□網路書店　□部落格　□資料庫搜尋　□書訊　□電子報　□書店

□平面媒體　□ 朋友推薦　□網站推薦　□其他＿＿＿＿＿

3.您對本書的評價：(請填代號　1.非常滿意 2.滿意 3.尚可 4.再改進)

封面設計＿＿　版面編排＿＿　內容＿＿　文/譯筆＿＿　價格＿＿

4.讀完書後您覺得：

□很有收獲　□有收獲　□收獲不多　□沒收獲

5.您會推薦本書給朋友嗎？

□會　□不會，為什麼？＿＿＿＿＿＿＿＿＿＿＿＿＿＿＿＿

6.其他寶貴的意見：＿＿＿＿＿＿＿＿＿＿＿＿＿＿＿＿＿＿＿

＿＿＿＿＿＿＿＿＿＿＿＿＿＿＿＿＿＿＿＿＿＿＿＿＿＿＿

＿＿＿＿＿＿＿＿＿＿＿＿＿＿＿＿＿＿＿＿＿＿＿＿＿＿＿

＿＿＿＿＿＿＿＿＿＿＿＿＿＿＿＿＿＿＿＿＿＿＿＿＿＿＿

讀者基本資料

姓名：＿＿＿＿＿＿＿＿＿＿　年齡：＿＿＿　性別：□女 □男

聯絡電話：＿＿＿＿＿＿＿＿　E-mail：＿＿＿＿＿＿＿＿＿＿

地址：＿＿＿＿＿＿＿＿＿＿＿＿＿＿＿＿＿＿＿＿＿＿＿＿

學歷：□高中(含)以下　□高中　□專科學校　□大學

□研究所(含)以上 □其他＿＿＿＿＿＿＿

職業：□製造業 □金融業 □資訊業 □軍警 □傳播業 □自由業

□服務業 □公務員 □教職　□學生 □其他＿＿＿＿＿

請貼
郵票

To：114

台北市內湖區瑞光路 583 巷 25 號 1 樓

秀威資訊科技股份有限公司　　收

寄件人姓名：

寄件人地址：□□□

(請沿線對摺寄回,謝謝!)

秀威與 BOD

BOD（Books On Demand）是數位出版的大趨勢，秀威資訊率先運用 POD 數位印刷設備來生產書籍，並提供作者全程數位出版服務，致使書籍產銷零庫存，知識傳承不絕版，目前已開闢以下書系：

一、BOD 學術著作—專業論述的閱讀延伸
二、BOD 個人著作—分享生命的心路歷程
三、BOD 旅遊著作—個人深度旅遊文學創作
四、BOD 大陸學者—大陸專業學者學術出版
五、POD 獨家經銷—數位產製的代發行書籍

BOD 秀威網路書店：www.showwe.com.tw
政府出版品網路書店：www.govbooks.com.tw

永不絕版的故事・自己寫・永不休止的音符・自己唱